IV.
Tulipa candida purpura rub
virgulis ex scentibus
II.
Tulipa alba circa calicem lute,
um, radis ru bente.
V.
ulipa lutea, in medio conifor.
macula rubens.
III.
Tulipa lutea irrorata ex cinnaba,
ri rutilis maculis.
I.
Tulipa lutea virgulis oblongi
ad latera, colore cinnabaris.

Eva Maaser

Kim und das Rätsel der fünften Tulpe

Eva Maaser

KIM UND DAS RÄTSEL DER FÜNFTEN TULPE

Mit Zeichnungen
von Joachim Knappe

COPPENRATH

5 4 3 2 1

ISBN 978-3-8157-9370-1

Einband- und Innenillustrationen: Joachim Knappe
Vor- und Nachsatz: Tulips, from »Hortus Eystettensis«,
by Basil Besler (1561–1629) pub. 1613 (hand coloured engraving)
by German School (17the century), Private Collection/
The Stapleton Collection/The Bridgeman Art Library
Innengestaltung: Matrix Typographie & Gestaltung, Hamburg
Gesamtherstellung: Westermann, Zwickau
Printed in Germany
www.coppenrath.de

Für Richard

Inhalt

Vorwort

Was ist eine magische Uhr?
Sicher keine gewöhnliche.
Was wäre, wenn eine Uhr die Kraft hätte, Menschen an einen anderen Ort zu versetzen und dazu noch in eine andere Zeit? Die Vergangenheit oder die Zukunft?
Der dreizehnjährige Kim hat so eine Uhr.

Kim ist in Shanghai aufgewachsen und hat vor einem halben Jahr seine chinesische Mutter verloren. Seitdem hält Lutz Reimer, sein deutscher Vater, nichts mehr in China. Er hat beschlossen nach Deutschland zurückzukehren und seinen Sohn mitzunehmen, den dieser Plan geradezu in Panik versetzt. Ehe sich Kim versieht, hat ihn sein Vater nach Drensteinfurt in Westfalen gebracht, in das düstere Haus von Großtante Betty. Hier soll er fortan leben. Nachdem Lutz Reimer noch mal nach Shanghai gereist ist, um dort einiges für den endgültigen Umzug zu regeln, versucht Kim in Deutschland Fuß zu fassen. Eine trostlose Aufgabe. Von Anfang an sehnt er sich zurück nach Shanghai und allen seinen Freunden, zumal er sich mit Tante Betty überhaupt nicht versteht. Er will nur noch fliehen – aber wie? Für ein Flugticket reicht sein Taschengeld nicht.

Auf dem Flughafen von Shanghai, vor der Abreise nach Deutschland, hat ihm sein Großvater, ein ehemaliger tibetischer Mönch, beim Abschied eine Uhr geschenkt. Eine Uhr in einem hässlichen alten Holzkasten. Leider war es etwas laut auf dem Flughafen und so hat Kim nicht alles verstehen können, was ihm sein Großvater Li Kao zum richtigen Gebrauch der Uhr erklärt hat. Angeblich, soviel hat Kim gerade noch begriffen, könnte er damit ohne große Umstände nach Shanghai reisen.
Zwei Wochen nach der Ankunft in Tante Bettys gruftartigem Haus unternimmt Kim den ersten Versuch, mit Hilfe der Uhr nach Shanghai zurückzugelangen. Mit von der Partie sind seine Klassenkameradin Lisa, ihr Bruder Dennis und Hund Willie.
Sie geraten in einen Albtraum, wie er schlimmer nicht hätte sein können. Nach Shanghai gelangen sie natürlich nicht. Sondern nach Paris im Jahr 1617, wo sie sofort in eine Verschwörung gegen den König verwickelt werden und in Lebensgefahr geraten. Beim nächsten Mal landen sie auf einem Segelschiff mitten in der Karibik im Jahr 1762 und fahren direkt in einen gewaltigen Sturm. Immerhin lernen die drei bei diesen haarsträubenden

Abenteuern etwas über Großvater Kaos magische Uhr: Eine Reise mit ihr dauert genau vierundzwanzig Stunden – wenn alles gut geht.
Denn um wieder in ihre Zeit zurückkommen zu können, müssen sich die Freunde exakt vierundzwanzig Stunden nach der Abreise am selben Ort befinden, an den die Uhr sie gebracht hat. Das kann eine große Kiste im Bauch eines Segelschiffs sein oder ein Kämmerchen mit einem Kackstuhl.
Und wie stellt man die Uhr nun richtig ein und setzt sie in Gang?
Das haben Kim, Lisa und Dennis noch nicht herausgefunden. Sie wissen nur, sobald sich die Zeiger zu drehen beginnen, beginnt auch eine Reise an einen unbekannten Ort in eine ferne Zeit.
Dabei will Kim doch immer noch nur nach Shanghai …

Dreckarbeit

In der letzten Nacht hatte der Regen endlich aufgehört. Aber die Erde in Tante Bettys Garten war immer noch vollgesogen. Der Lehm klebte so an Kims Stiefeln, dass es sich anfühlte, als wären seine Füße in Beton eingegossen. Bei jedem Schritt schleppte er einen Zentner Gewicht mit sich. Ein kalter Wind wehte, der den nahen Winter ankündigte. Ein Winter mit Schnee und Eis, wie ihn Kim noch nie erlebt hatte. Und nicht erleben wollte. Denn innerlich lebte er immer noch in Shanghai, er war noch gar nicht richtig in diesem fremden Land angekommen. Deutschland. Und ausgerechnet Drensteinfurt. Das Kaff war so winzig, dass man an einem Ende einen Stein werfen konnte, der am anderen wieder herausfiel. Das war Drensteinfurt! Hätte es nicht wenigstens die Stadt Münster sein können, wo er ja schließlich zur Schule ging? Aber sein Vater Lutz Reimer hatte darauf bestanden, dass sie ins Haus des verstorbenen Großvaters zogen, Kims *deutschem* Großvater. Dessen Schwester, Kims Großtante

Betty, lebte schon seit vielen Jahren allein in diesem Haus.
Bei dem Gedanken an seinen Vater zog sich Kims Herz schmerzhaft zusammen. Würde er auch wirklich Weihnachten kommen? Oder würde er ihn mit einer alten Frau allein lassen, die ständig an ihm herumnörgelte? Die ihn genauso abstoßend fremd fand wie er sie.
Vor drei Monaten hatte Kims Vater ihn nach Drensteinfurt gebracht und war sofort wieder nach Shanghai zurückgeflogen, um dort noch etwas an seinem alten Institut zu regeln. Lutz Reimer war Biotechnologe. Diese letzten Arbeiten zogen sich anscheinend endlos lange hin, und Kim versauerte inzwischen an einem Ort, der ihn schaudern ließ.
Die Luft war noch so feucht, dass er bestimmt bis zum Abend Schimmel ansetzte. Kims Freundin und Klassenkameradin Lisa Wagner schien das schlechte Wetter nichts auszumachen. Eifrig wühlte sie neben ihm in der Erde, die er zuvor mit einer Grabegabel aufgelockert hatte, und holte unansehnliche Zwiebeln heraus. Geradezu andächtig wischte sie die größeren sauber. Sie hatte etwas von Papageien gemurmelt, aber Kim hatte nicht genau hingehört.
Papageien? Die Zwiebeln hatten keinerlei Ähnlichkeit mit Papageien. Was sollte das also? Ein blöder Witz?

Ihre Haare hatte Lisa nachlässig mit einem Tuch am Hinterkopf zusammengebunden. Einige Locken hatten sich befreit und fielen ihr ins Gesicht. Das machte sie noch hübscher. Manchmal konnte Kim Lisa kaum ansehen, so sehr gefiel sie ihm mit ihrem Feuerhaar, den Sommersprossen und den jadegrünen Augen. Das würde er natürlich aus Furcht, sich lächerlich zu machen, niemals offen zugeben. Lisa war immer noch ein paar Zentimeter größer als er, obwohl er in den letzten drei Monaten ein Stück gewachsen war. Irgendwann würde er sie einholen, hatte er sich geschworen. Sie waren ja beide genau gleich alt, dreizehn Jahre und ein paar Monate.

Lisa würde er vermissen, wenn er wieder in Shanghai war. Sie war fast die Erste, die ihn hier willkommen geheißen hatte, und es war ein glücklicher Zufall, dass sie direkt im Nachbarhaus wohnte.

Ihr elfjähriger Bruder Dennis half ebenfalls bei der Gartenarbeit. Das hieß, er hielt seiner Schwester mit wichtigtuerischer Miene den Korb hin, in den sie die gereinigten Knollen legte. Dabei vermied er es, in den Matsch zu treten, und blieb an der Rasenkante stehen. So erreichte er gleich zweierlei: Er blieb sauber und brauchte sich in keiner Weise anzustrengen. Das war typisch für ihn. Der rundliche Dennis hatte es nicht so mit körperlichen Anstrengungen.

Hinter ihnen auf der Terrasse lag bereits der Weihnachtsbaum, den Tante Betty hatte besorgen lassen. Noch vierzehn Tage bis Weihnachten. Es würde das erste Weihnachtsfest ohne Kims Mutter sein, die vor einem Dreivierteljahr gestorben war. Ihr Tod war der Anlass für den Umzug nach Deutschland gewesen. Von seiner Mutter hatte Kim die mandelförmigen Augen und das lackschwarze Haar geerbt, denn sie war Chinesin gewesen. Er war also Halbchinese, hatte sich aber in Shanghai immer nur als Chinese gefühlt. Er dachte wie ein Chinese und er fühlte wie einer. Oder etwa nicht? Manchmal kam es ihm so vor, als würde langsam etwas daran ins Wanken geraten. Und das wollte er nicht. Er wollte nicht verwestlichen und die hiesige barbarische Lebensart annehmen. Ein Grund mehr, nach China zurückzukehren.

Wie eine heiße Welle überfiel ihn die Sehnsucht nach Shanghai, nach seinen Freunden und – nach Großvater Kao. Sein chinesischer Großvater war uralt, hatte lange als Mönch in Tibet gelebt, war jahrelang herumgereist und steckte voller Geheimnisse, die er nur widerwillig preisgab. Er wohnte in einem kleinen Holzhaus am Meer, an das Kim gerade heute intensiv denken musste. Ein Haus voller Licht und Wärme, die er jetzt so notwendig wie noch nie brauchte. Unverhofft überkam ihn Wut. Eine geradezu mörderische Wut. Viel zu heftig stieß er

die vierzinkige Gabel in die Lehmerde und riss sie wieder heraus.
Lisa schrie gellend auf. Wie ein Echo ertönte hinter ihr ein zweiter Schrei. Kim schaute an ihr vorbei und sah Tante Betty auf der Terrasse stehen. Wahrscheinlich hatte sie gerade verkünden wollen, dass das Mittagessen fertig sei. Flüchtig fragte er sich, was es diesmal geben würde: Mehlklöße, die wie Steine im Magen lagen? Mit zerkochtem Fleisch und pappiger brauner Soße?
Wegen einer wichtigen Lehrerkonferenz war heute für alle Schüler nach der dritten Stunde der Unterricht ausgefallen, und so war auch Dennis, der das gleiche Gymnasium besuchte wie Lisa und Kim, mit ihnen nach Hause gekommen. Tante Betty hatte die Geschwister unter der Bedingung zum Essen eingeladen, dass sie vorher Kim bei der Gartenarbeit halfen, die sie ihm allein wohl nicht zutraute. *Gartenarbeit*! Für Dreckarbeiten hatte man in Shanghai Angestellte, niemand, der etwas auf sich hielt, machte so was selbst. Es war einfach entwürdigend, im Dreck zu wühlen.
Lisa starrte mit aufgerissenen Augen auf Kims Gabel.
Auf dem zweiten Zinken von rechts saß eine Zwiebel.
Na und?
Eine ziemlich dicke braune Zwiebel, durch die der Zinken glatt hindurchgegangen war.

Zäher, dunkler Matsch tropfte langsam von der Gabel. Blass und zitternd – war Lisa vor Schreck wirklich blass geworden? – streckte sie die Hand nach der Zwiebel aus. Sie tat geradeso, als wäre dieses hässliche braune Ding aus purem Gold. Das ist bloß eine schrumpelige Zwiebel, wollte Kim am liebsten schreien.
Warum machten Lisa und Tante Betty so ein Theater darum?
Tante Betty hatte eine lange Schimpftirade begonnen, in die sich Willie einmischte, indem er laut aufheulte. Auch das noch! Als ob Lisas kleiner Wuschelhund, der sich an der Rasenkante niedergelassen hatte, zu der aufgespießten Knolle auch etwas Vorwurfsvolles zu äußern hätte.
Dennis grinste schadenfroh.
Kim jedenfalls hatte genug von allen.
Er schmiss die Gabel samt Zwiebel ins Beet und stapfte davon. Er wusste genau, was er zu tun hatte. In der vergangenen Nacht war Vollmond gewesen. Kurz vor der Morgendämmerung hatte er ihn durch einen Spalt in den Vorhängen in sein Zimmer lugen sehen. Ein lockender, silbriger Vollmond, der ihm etwas zu sagen schien. Jetzt hatte er die Botschaft verstanden. Nach chinesischer Auffassung war die Zeit des abnehmenden Mondes die beste Reisezeit. Vollmond war schon fast wie abnehmender Mond. Ja, heute war der richtige Tag, um zu verreisen.

Er war an der Terrasse vorbeigelaufen, ohne die schimpfende Tante Betty zu beachten, und schlüpfte an der Seite durch die Küchentür ins Haus. Auf die Dreckspur, die seine Stiefel hinterließen, konnte er jetzt wirklich keinen Gedanken verschwenden. Wenn Tante Betty sie entdeckte, war er hoffentlich schon weit weg.
Heute musste es klappen! Heute war der Tag, an dem sein größter Traum in Erfüllung gehen würde.
Heimkehren!
Ganz genau sah er die wunderbare Skyline von Shanghai vor sich, mit all den prachtvollen Glaspalästen und Hochhäusern. Shanghai, seine Heimat.
Er rannte die Treppe in den ersten Stock hinauf und bemerkte, wie sich Lehmklumpen von seinen Sohlen lösten. Seine Stiefel wurden immer leichter. Auch gut. Er lächelte zufrieden. Den heimlich nachgemachten Schlüssel zur Bodentreppe trug er an einem Band um den Hals, das er nun aus dem Ausschnitt seines dicken Wollpullovers fingerte.
Bei Großvater Kao gab es sicher Nudeln zu Mittag, mit süß-saurer Sauce, viel knackigem Gemüse und vielleicht einer Handvoll gerösteter Nüsse. Fast meinte Kim den unbeschreiblichen Duft dieses Essens riechen zu können. Ihm lief das Wasser im Mund zusammen. Aber erst musste er die Uhr in Gang setzen.

Großvater Kaos Reiseuhr, die er Kim geschenkt hatte. Würde es diesmal klappen? Würde ihn die Uhr zurück nach Shanghai bringen?

Er polterte die Bodentreppe hoch und stieß die Tür auf. Dämmerlicht umfing ihn. Staubgeruch stieg ihm in die Nase.

Großtante Bettys riesiger Dachboden stand voller Gerümpel: Da waren Truhen mit alten Sachen und Akten, die noch von ihrem Bruder stammten und in denen Kim nicht herumwühlen sollte. Als wenn ihn alte Akten interessierten!

Aber wegen dieser Akten hatte Tante Betty den Speicher zur Sperrzone erklärt und hielt ihn verschlossen. Nur hatte Kim gleich nach seiner Ankunft in diesem Haus in einem klotzigen alten Schrank hier oben seinen größten Schatz versteckt, an den sich all seine Hoffnung klammerte. Und noch immer schien ihm der Schrank das beste Versteck zu sein. Kim hatte sich wiederholt vorgestellt, wie Tante Betty in seinem Zimmer herumschnüffelte und zufällig auf die Uhr stieß, während er in der Schule war. Wahrscheinlich würde Tante Betty angesichts eines schäbigen, achteckigen Holzkastens sofort an Holzwürmer und anderes Ungeziefer denken und den Kasten in den Müll werfen, gerade noch rechtzeitig, bevor die Tonne geleert wurde.

Großvaters Kaos Abschiedsgeschenk im Müll! Unwiederbringlich verloren. Eine Katastrophe! Tante Betty hatte keine Ahnung, welches Geheimnis diese Uhr barg. Ein Geheimnis, das er selbst noch nicht recht ergründet hatte. Auf dem Flughafen von Shanghai, als Großvater Kao ihm die Uhr überreicht hatte, hatte so ein Krach geherrscht, dass er von den Erklärungen zu der Uhr nicht einmal die Hälfte verstanden hatte. Mit dem bisschen, was er wusste, hatte er schon zweimal ziemlich danebengelegen und sich in die größten Schwierigkeiten manövriert.

Was würde diesmal geschehen?

Eine unsägliche Beklemmung befiel ihn, Vorbote kommenden Unheils, aber aufgeben mochte er nicht. Irgendwie musste es ihm doch gelingen, der Uhr seinen Willen aufzuzwingen.

Unten im Wohnzimmer begann Tante Bettys Standuhr zu rasseln, gleich würde sie zu schlagen beginnen. Wie spät war es jetzt eigentlich? Es war wichtig, sich die Uhrzeit zu merken. Kim bekam den ersten Schlag noch mit, wurde dann aber abgelenkt. Ein Poltern drang die Treppe herauf. Jemand lief ihm nach.

Hastig öffnete er die Schranktür. Er war fest entschlossen allein zu verschwinden, ohne Lisa, Dennis und Willie, die ihn die beiden anderen Male mehr oder weniger freiwillig begleitet hatten. Inzwischen war Dennis geradezu wild darauf, mit der Uhr zu verreisen, egal wohin. Doch Kim wollte nur nach Hause.

Der Kasten mit der Uhr steckte unter ein paar Lumpen im Schrank. Er riss die Lappen beiseite, kroch in den Schrank und nahm die Uhr an sich. Ohne zu zögern, klappte er den Deckel des Kastens hoch.

Grünes Blitzen empfing ihn. Das war unheimlich.

Ein winzig kleiner Zeiger zitterte verräterisch.

Kim hatte wirklich nur den Deckel hochgeklappt und schon regte sich die Uhr. Wieso?

Benommen starrte er auf den normalerweise farblosen Kristall in der Mitte, der jetzt das grüne Funkeln aussandte. Noch vor einer Woche hatten die vielen Zeiger und die ineinandergeschachtelten Zahnräder wie festgerostet gewirkt. Wie oft hatte er mit Dennis versucht die Uhr in Gang zu setzen und nichts war geschehen – absolut gar nichts. Und jetzt das hier. Das Funkeln, das Schimmern.

Ohne Zweifel war die Uhr zum Leben erwacht.

Kim visierte noch einmal den Zeiger, schloss die Augen und flehte: Lauf bitte nicht rückwärts!

»Dacht ich mir's doch!«, rief Lisa und drängte sich neben ihn. »Du willst heimlich abhauen.«

Kim stöhnte auf und öffnete die Augen, den Blick wieder starr auf die Uhr gerichtet, auf das Gewirr der verschiedenen Ziffernringe, die jedoch keine Ziffern aufwiesen. Sondern chinesische Schriftzeichen. Die meisten von solcher Seltenheit, dass er nur ein oder zwei davon erkannte. Vielleicht auch drei. Da war das für Mond, dort das für Wasser und hier war ein eigentlich recht ungebräuchliches für Erde.

»Aber nicht ohne uns!« Jetzt schob sich Dennis zu ihnen in den Schrank. Es wurde eng, vor allem, als zum Schluss auch noch Willie hereinsprang. Gleich darauf jaulte er furchtsam auf.

Der Hund hatte allen Grund, sich zu fürchten. Und nicht nur er.

Man konnte mit der Uhr, wenn man sie nur richtig einzustellen verstand, an jeden beliebigen Ort der Welt gelangen. Ja, *wenn* …

Es war nämlich keine gewöhnliche Reiseuhr, die man auf Reisen mitnahm, sondern eine magische Uhr. Wenn man Pech hatte, wurde man durch sie an einen Ort geschickt, wohin man überhaupt nicht wollte. Schon zweimal hatte Kim das Experiment gewagt und beide Male waren Lisa, Dennis und Willie dabei gewesen.

Nur waren sie nie nach Shanghai gelangt, wie er es vorgehabt hatte. Beim ersten Mal waren sie mitten in Paris gelandet, im Louvre, und auch noch in der falschen Zeit. Nämlich in der Vergangenheit. Im siebzehnten Jahrhun-

dert. Beim zweiten Mal hatten sie sich auf einem Segelschiff im Jahr 1761 wiedergefunden. Wer wollte das schon?
Die Richtung, die der Zeiger einschlug, war jetzt unverkennbar: rückwärts! Kim wurde flau zumute. Vor allem, als sich auch noch ein zweiter Zeiger zu drehen begann. Der Kristall in der Mitte der Uhr pulsierte immer hektischer, das grünliche Licht ließ ihre Gesichter käsig aussehen. Der Schrank begann zu rumpeln und zu klappern, als die Zeiger volle Fahrt aufnahmen. Sie rasten!
Kim hatte sich fest vorgenommen dieses Mal nicht zu schreien, aber er konnte es nicht länger unterdrücken. Ein ungeheurer Wirbel hatte ihn erfasst und riss ihn herum und herum und Dennis, Lisa und Willie mit ihm. Der Hund heulte vor Angst in den höchsten Tönen und war doch in dem dröhnenden Lärm, der jetzt herrschte, kaum zu hören. Ihre Gesichter verzogen sich, sie zerflossen regelrecht, während der Schrank vor ihren Augen verschwand.
Alles löste sich auf! Kim sah nichts mehr, er hörte nichts mehr und einen langen Augenblick strampelte er irgendwo in einer Schattenwelt, die keine Grenzen kannte.
Im Nirgendwo.
Es verschlug ihm den Atem.
Er hörte auf zu denken und zu fühlen.

Und dann war mit einem Donnerschlag die Welt wieder da. Sie stand still.

Nur der Schrank brach auseinander.

Oder doch nicht?

Im Reich der Dämonen!?

Kim hatte eine Türklinke in der Hand, drückte sie herunter und taumelte hinaus. Sofort drang ihm beißender Rauch in die Kehle und er begann zu husten.
Brannte der Dachboden? Er blinzelte verstört.
Hinter sich spürte er die anderen, die wie er in den Rauch spähten. Wie Teer hingen dicke Schwaden unter einer niedrigen, schwarz geräucherten Balkendecke, die ganz sicher nicht zu Tante Bettys Dachboden gehörte. Wo waren sie bloß diesmal gelandet? Ein Stück von ihnen entfernt gloste Feuer in einem riesigen Kamin.
Blaues Feuer!
War es wirklich blaues Feuer?
Mit tränenden Augen schaute Kim genauer hin.
Tatsächlich, blaues Feuer, da war kein Irrtum möglich, obwohl ihm von der Reise mit der Uhr noch heftig schwindelte.
Vor diesem unglaublichen Feuer saßen ein paar finstere Gestalten, die ihnen misstrauisch – nein, drohend entge-

genblickten. Blaues Licht waberte um die Gestalten. Sie selbst stießen bläulichen Qualm aus, der in Spiralen bis zur Decke zog.

Kim stöhnte auf. Seine Hände krampften sich um den Uhrenkasten, den er wie ein Schutzschild vor seine Brust hielt.

Das blaue Feuer und die merkwürdigen Gestalten konnten nur eins bedeuten: Die Uhr hatte sie aus der ihnen bekannten Welt heraus in ein Geisterreich geschleudert. Das da vor ihnen waren Schreckgespenster und Dämonenwesen. Vor lauter Furcht krampfte sich ihm der Magen zusammen.

Einer der Männer erhob sich, riesig groß wuchs hinter ihm sein Schatten an der Wand empor.

Instinktiv wich Kim zurück, stieß aber gegen Lisa oder Dennis.

Hastig machte er wieder einen Schritt nach vorn, dann noch einen. Die Angst saß ihm in den Beinen, machte sie wachsweich und so ungelenk, wie die eines frisch geschlüpften Kükens. Er ging nicht, er stakste.

Dämonen können überall sein, ziehen es allerdings vor, möglichst nicht in der sichtbaren Welt aufzutauchen. Am liebsten wirken sie im Verborgenen. Wenn sie sich aber doch zeigen … Auf einmal nahm Kim undeutlich eine Bewegung von der Seite wahr. Jemand schlich sich an ihn heran. Ein dunkler, massiger Schatten. Wo kam der auf einmal her?

Dämonen wechseln blitzschnell den Ort, tauchen auf und verschwinden, wie es ihnen passt. Und dieser sandte eine Welle drohender Gefahr aus, die Kim vor Schwäche schwanken ließ. Die ihn vor Grauen lähmte. Nichts ist so schlimm wie ein Feind, den du nicht fassen kannst, der dich anrührt, ohne dir die Gelegenheit zu geben, ihn überhaupt richtig wahrzunehmen. Es gab sie also wirklich, die Dämonen, das hier war der Beweis.

»Nein!« Lisa schrie, er erkannte ihre Stimme, sie lenkte ihn ab, ließ ihn eine Viertelsekunde lang zögern, statt sofort auszuweichen.

Oder sich zu ducken!

Zu spät.

Im nächsten Moment spürte er einen harten Schlag im Nacken und fiel vornüber. Die Uhr, die Uhr FESTHALTEN, hämmerte es in seinem Kopf. Aber sie ließ sich nicht festhalten, er spürte, wie sie ihm aus den Händen rutschte. Noch im Fallen wehrte er sich mit aller Macht dagegen, das Bewusstsein zu verlieren. Es musste ihm irgendwie gelingen, wach zu bleiben – schon wegen der Schmerzen. Er musste Lisa und Dennis warnen, sie hatten ja gar keine Ahnung von Dämonen. Sie würden sie vernichten, ihren Verstand aussaugen, sie zu Schatten-

wesen machen, die für immer in Zwischenwelten gefangen waren, böse, hinterhältig und gemein.
Er fiel und fiel und …

Sein Kopf schmerzte, als ob ihm jemand mit der Brechstange immer wieder eins überzog. Geradezu unerträglich. Und er hatte Durst, einen mörderischen Durst, seine Kehle war wie ausgedörrt.
Plötzlich durchfuhr ihn ein eisiger Schreck. Wo waren Dennis und Lisa geblieben?
Neben ihm seufzte jemand.
»Ich glaube, er hat sich bewegt.« Eine unbekannte hohe Stimme, eindeutig die eines Kindes.
»Ach was!« Der Klang dieser anderen Stimme – laut und poltrig – ließ ihn unmerklich zusammenzucken.
Was war passiert?
Ein Schlag in den Nacken! Deshalb schmerzte der Kopf so. Er war niedergeschlagen worden, jetzt erinnerte er sich. Und dann? Anscheinend war er nach dem Schlag eine Weile ohnmächtig gewesen. Als Nächstes fiel ihm der Rauch ein. Aber so sehr er sich auch anstrengte, er roch ihn nicht mehr. War nicht etwas Besonderes mit dem Rauch gewesen? Er versuchte sich zu konzentrieren. Bestimmt hatte man ihn während seiner Ohnmacht woandershin geschafft. Bloß wohin? Das musste er heraus-

finden, ohne gleich zu verraten, dass er hellwach war. Plötzlich durchzuckte ihn wieder ein Schreck. Da waren doch Dämonen gewesen, blauhäutige Dämonen!

Kicherten Dämonen? Angespannt lauschte er. Das Kichern klang verführerisch harmlos. Wahrscheinlich eine Falle. Dämonen liebten es, sich über Menschen lustig zu machen und sie zu necken, bevor sie sie fertigmachten. Um ihn herum kicherten und flüsterten sie, hörten sich aber wie Kinder an. Kim beschloss sich davon nicht in die Irre führen zu lassen.

Er lag ausgestreckt auf einer erstaunlich bequemen Unterlage. Seine Finger ertasteten verstohlen eine weiche Wolldecke, die über ihm ausgebreitet war, und ein etwas steifes Gewebe, vermutlich ein Leinenlaken. Anscheinend lag er in einem Bett. Die Frage war, wer ihn wohl so komfortabel untergebracht hatte. Und wozu. Sein Kopf ruhte auf einem Kissen, er spürte es, als er ihn wie im Schlaf leicht zur Seite drehte. Und natürlich hämmerte niemand auf ihn ein. Aber an seinem Hinterkopf, dort, wo ihn der Schlag getroffen hatte, klebte etwas. Ein Verband vermutlich. Er verbreitete eine angenehme Kühle und half gegen den Schmerz, der allmählich nachzulassen begann.

»Ich hab's genau gesehen, er hat sich bewegt!«, fing die aufgeregte Kinderstimme wieder an.

»Ich hab's auch gesehen!«, rief eine zweite dazwischen.
»Aber ich zuerst.«
Um Kim herum entwickelte sich ein alberner Streit, in den sich immer mehr Stimmen mischten. Kim konnte nicht einmal schätzen, wie viele es waren. Jemand lachte glucksend. Alles in allem nahm das Treiben um ihn herum Züge einer Party an. Die amüsierten sich ja köstlich!
Kim blinzelte vorsichtig.
Dann riss er verblüfft die Augen auf.
Schlagartig herrschte Stille.
Über ihm befand sich ein Betthimmel aus dunkelrotem Samt. Kein Zweifel: Er ruhte auf einem breiten Himmelbett, dessen vier gedrechselte Pfosten diesen Baldachin trugen. Die roten Bettvorhänge waren zur Seite gerafft. Durch milchige kleine Scheiben, die sich zu hohen Fenstern zusammensetzten, fiel in breiten Bahnen gedämpftes Sonnenlicht herein. Staub tanzte und flimmerte im Licht. Und um das Bett herum standen lauter Kinder, die alle absolut gleich aussahen, abgesehen von der unterschiedlichen Größe. Sie hatten runde, rosige Gesichter, die ihn ein *bisschen* an Ferkel erinnerten.
Lieber Ferkel als Dämonen.
Lauter blaue Augenpaare waren auf ihn gerichtet. Ganz langsam und vorsichtig entspannte sich Kim, traute all den freundlichen Gesichtern aber nicht wirklich. Viel zu

deutlich erinnerte er sich noch an seine Angst. Und an die Dämonen, obwohl sie ihm jetzt schon ein wenig wie Hirngespinste vorkamen.
Als er sich mühsam und schwach vor Staunen aufrichtete, lachten die Kinder und begannen zu klatschen.
Süß sahen sie aus, richtig goldig, obwohl ihre einheitliche Kleidung ziemlich trist wirkte. Die Mädchen trugen weite schwarze Röcke und dunkelrote oder braune Mieder. Dazu weiße Schürzen aus feinem, hauchdünnem Stoff, durch die das Schwarz deutlich hindurchschimmerte. Ihre Haare verschwanden unter eng anliegenden weißen Häubchen. An den Jungen fielen Kim die breiten weißen Spitzenkragen auf und das helle Lockenhaar, das ihnen bis auf die Schultern wallte.
Aus der Kinderschar löste sich ein winziges Mädchen und tappte mit unsicheren Schritten auf ihn zu.
»Da!«, sagte die kleine Maus, deutete auf ihn und lachte kreischend.
Kim rieb sich die Augen und blinzelte. Konnte das alles wahr sein? Nicht eine vertraute Gestalt in dem ganzen Gewusel. Aber dann fing er einen Blick ein. Einen Blick aus *grünen* Augen. Grün, nicht blau! Und eine rote Locke hatte sich aus dem weißen Häubchen hervorgestohlen. Lisas Haare sahen ja meistens etwas unordentlich aus. Ansonsten fiel es ihm schwer, sie zu erkennen, so sehr

hatte die schwarz-weiße Tracht sie verändert. Und neben ihr, der dicke Junge in den glänzenden schwarzen Kniehosen, war Dennis, der mit seinen langen blonden Locken noch pausbäckiger als gewöhnlich aussah.

»Na also!«, dröhnte wieder die tiefe Stimme. Aus dem Hintergrund schob sich ein Mann nach vorn, der Kim unverwandt anschaute, während er die Kinder, die ihm im Weg standen, beiseitedrängte. »Willkommen in meinem Haus, in …«, er deutete mit einem dicken Finger auf sich selbst, »… im Haus von Abraham van de Bos. Und Abraham van de Bos, das bin nämlich ich«, setzte er zum Schluss unnötigerweise hinzu.

Er hatte die Statur eines Bären, eines mächtig dicken Bären, der die ganze Schar überragte. Jedenfalls wirkte er kein bisschen wie ein Geist oder Dämon. Kim sah ihn benommen an und ließ sich auf das Kissen zurücksinken, als wäre ihm das Gewimmel um ihn herum auf einmal zu viel.

Missbilligend schüttelte Abraham den Kopf. »Na, na, Kleiner, so schlimm steht's um dich doch nicht. Oder hast du noch Schmerzen?«

Verwundert lauschte Kim auf den Klang der Stimme, vielmehr der Sprache. Deutsch war das nicht, Chinesisch schon gar nicht. Aber er verstand, was der Mann sagte, und er war sicher, in der gleichen Sprache antworten zu können, obwohl er sie nie gelernt hatte. So war es schon bei den vorherigen Reisen mit Großvater Kaos Uhr gewesen: Im Louvre hatte er mühelos Französisch verstanden und gesprochen und auf dem Segelschiff Englisch, aber das konnte er bereits. Denn Englisch hatte er auf der internationalen Schule in Shanghai gelernt. Diese neue Sprache klang, als ob die Laute hinten im Hals kratzten. Ziemlich viele »chs« kamen darin vor. Welche Sprache war das? Eine, die er noch nie gehört hatte, schien ihm. Und er war überzeugt davon, wieder in der Vergangenheit gelandet zu sein, dafür sprach die Kleidung der Leute, die er, wie er nun bemerkte, selbst trug. Auch das entsprach seinen bisherigen Erfahrungen mit der Uhr. Jedes Mal war er vollkommen in eine fremde Zeit eingetaucht. Dies hier war nicht das einundzwanzigste Jahrhundert. Aber welches dann?

Lisa machte ihm verstohlen ein paar Zeichen, aus denen er nicht schlau wurde.

»Mein Freund Dr. Tulp hat uns versichert, dass du in Ordnung bist. Dein Kopf ist nicht sehr beschädigt, nur eine kleine Beule, die von selbst vergeht, verstehst du?«, fuhr Abraham aufgeräumt fort.

Dass da eine Beule an seinem Hinterkopf wuchs, ganz unten, dort wo fast schon der Hals anfing, hatte Kim begriffen, ohne mit der Hand nach der Stelle tasten zu müs-

sen. Der pochende Schmerz genügte als Beweis völlig.
»Dr. Tulp?«, fragte er schwach, nur um seine eigene Stimme zu hören.
»Es war ein Glück, dass er gerade zu Besuch da war«, ging Abraham auf ihn ein. »Und nun ...«, weiter kam er nicht.
»Was machen die Kinder hier?« Eine ältere Frau schob sich in Kims Gesichtsfeld. Sie war gleichfalls schwarz gekleidet, trug eine weiße Schürze und einen tausendfach gefältelten Kragen, hoch und dick wie eine Sahnetorte. Ihre Miene war eindeutig verdrossen. »Ist der Junge endlich wach? Wird aber auch Zeit! Sich mittags in Kaschemmen herumzutreiben und auf Raufhändel einzulassen. Pfui Teufel!«
Die Frau hielt es wohl nicht für notwendig, auch nur einen Schimmer von Höflichkeit zu zeigen. Eine lange, spitze Nase ragte aus ihrem Gesicht, das so eng von der Haube umschlossen wurde wie eine zweite Haut. Eine unangenehm straff gespannte Haut. Nicht ein bisschen Haar war zu sehen.
Abraham wandte sich kurz wieder Kim zu. »Das ist meine *liebe* Schwester Griet, die mir den Haushalt führt, aber wie es bei uns zugeht, wirst du schon noch alles erfahren.«
»Nicht von mir«, sagte Griet boshaft.

»Und das sind alles Ihre Kinder?«, fragte Kim mit schwacher Stimme und stützte sich wieder auf die Ellbogen.
»Nein, nein.« Abraham winkte lachend ab. »Aber die meisten. Und heute Morgen ist noch eins angekommen. Jetzt hab ich neun. Und nun ihr drei. Na ja, in diesem Haus kommt es auf ein paar mehr weiß Gott nicht an. Ich mag Kinder. Kann gar nicht genug davon kriegen.« Seine Wampe hüpfte.
»Was du nicht sagst! Und wer hat die Arbeit mit den Blagen?«, keifte Griet. »Das Essen wird kalt«, fuhr sie entrüstet fort. »All die Mühe umsonst.«
Diese Griet und Tante Betty müssten sich prima verstehen, dachte Kim.
»Gleich, Griet, gleich, aber zunächst wollen wir doch noch eine wichtige Frage klären: Was habt ihr mitgebracht? Deine Freundin Lisa sagt, du bist hier der Boss. Also«, wandte sich Abraham wieder an Kim, während sein Blick nicht mehr ganz so väterlich wohlwollend auf ihm ruhte, »was habt ihr dabei? *Bizarden? Violetten? Rozen*? Stückware, nehme ich an. Aber das sag ich dir noch: Mit eurer Ware in den Duivelskopp zu gehen war gar keine gute Idee.«
Lisa verdrehte die Augen. Kim verstand gar nichts, bemerkte aber, dass Abraham auf einmal sehr verschlagen dreinsah.

»Jetzt reicht es, Abraham van de Bos!«, keifte Griet. »Sofort hörst du mit diesem Teufelszeug vor den Kindern auf. Das will ich nicht hören! Das ist gottlos.«
Abraham holte tief Luft, als wollte er zu einer scharfen Entgegnung ansetzen, aber dann atmete er aus und verkniff es sich.
Bestimmt hatte Abraham ihn nicht aus reiner Nächstenliebe in diesem weichen Bett untergebracht, überlegte Kim. Überhaupt: Nächstenliebe! Wie die in Europa funktionierte, erstaunte ihn immer wieder. In China waren die Nächsten nur die eigenen Verwandten und Freunde, um die *musste* man sich kümmern, wenn man nicht für ein Untier gehalten werden wollte. Aber einem Fremden auf die Beine helfen, nur weil er direkt vor der eigenen Nase ausgerutscht war? Das fiel in China niemandem ein. Diese europäische Nächstenliebe hatte aber was für sich. Ohne sie wäre er jetzt nicht hier, egal was für Hintergedanken der dicke Abraham bei seinem Samariterdienst hegte.
»Meinst du, du kannst aufstehen und zum Essen herunterkommen?«, fragte Abraham Kim und nahm das kleine Mädchen, das sich am Bett festhielt, liebevoll auf den Arm.
»Ich glaub schon«, antwortete Kim und schlug die Decke zurück. Schwindelig war ihm noch ein wenig, aber er

schaffte es, die Füße auf den Boden zu setzen. Dennis half ihm auf.

»Wo ist Willie?«, fragte er ihn leise.

»Der Hund ist unten«, sagte Griet barsch, sie musste Ohren wie ein Luchs haben. »Dass du mir den dreckigen Hund nie mit ins Bett nimmst!«, fuhr sie Kim an.

Ein Haus voller Kinder

Gegessen wird in der Küche!«, erklärte Griet naserümpfend, nachdem Kim aufgestanden war und sie einen Blick auf seine schmutzigen Füße geworfen hatte. Verlegen zog er sich die dunklen Strümpfe und die Stiefel an, die auf beziehungsweise unter einem Hocker lagen und die man ihm anscheinend ausgezogen hatte, bevor man ihn ins Bett gelegt hatte. Auch an den Stiefeln klebte Dreck.

Auf dem Weg zur Küche stiegen sie mehrere Treppen hinab. Kim trat so vorsichtig wie möglich auf, damit sich nicht auf jeder Stufe der Schmutz von den Sohlen löste. Er meinte geradezu Griets bohrenden Blick im Rücken zu spüren. In der Küche würde er sie um einen Besen bitten, um sich vorm Haus die Stiefel abzukehren.

Im Treppenhaus hingen eine Menge Gemälde in schweren, dunklen Rahmen. Auch in dem Zimmer, in dem Kim aufgewacht war, schmückten Gemälde die Wände, und der Holzfußboden war mit dicken Teppichen belegt.

Die schlicht wirkende Kleidung von Abraham und seinen Kindern täuschte: Der Mann war ganz offensichtlich reich.
Unauffällig versuchte Kim sich zu Lisa durchzudrängen, aber es gelang ihm nicht. Die Treppe war so eng, dass kaum zwei Personen auf einer Stufe nebeneinander Platz hatten. Wie waren bloß die Betten, Tische und Truhen in die oberen Stockwerke geschafft worden?
Beim nächsten Treppenabsatz blieb Lisa stehen und ließ lächelnd Abraham, Griet und die Kinder vorbei. Aufatmend stellte sich Kim neben sie und als Letzter kam auch Dennis zu ihnen. Die Gelegenheit, mit den beiden zu reden, hatte Kim schon regelrecht herbeigesehnt. Endlich konnte er ein paar Dinge klären, ohne sich mit Fragen bei seinem Gastgeber verdächtig zu machen.
»Habt ihr herausgefunden, welches Datum wir haben?« Angespannt wartete er auf die Antwort.
Lisa zögerte, bis das Getrappel auf den Stufen ein bisschen gedämpfter klang.
»Sicher. Was schätzt du?«
»Ein Tag in der Vergangenheit. Ziemlich tief in der Vergangenheit. Lisa, bitte!«
»Heute ist der siebte Februar 1637. Freitag, wie bei uns.«
Unwillkürlich stöhnte Kim auf. Sie waren im siebzehnten Jahrhundert gelandet!

»Das heißt, es gibt keine Klos, sondern Pisspötte«, sagte Dennis düster. »Ich hasse Pisspötte.«
»Wo bleibt ihr?«, rief eins der größeren Mädchen von unten herauf.
»Wir kommen!«, antwortete Lisa laut.
»Bloß keine Eile«, murmelte Kim. »Wie lange war ich bewusstlos? Und wo sind wir gelandet? Ich meine, in welchem Land und in welcher Stadt?«
Langsam setzten sie sich wieder in Bewegung, hielten aber genug Abstand zu den anderen, um unbelauscht weiter miteinander reden zu können.
Sie waren in Amsterdam, erfuhr Kim, in der Republik der Vereinigten Niederlande, wie Dennis etwas umständlich erklärte.
»Es sind sieben protestantische Provinzen, die sich ...«
»Erspare mir die Einzelheiten«, fuhr Kim dazwischen. »Niederlande, Amsterdam, 1637, Freitag, ist klar. Aber was war das für ein Raum mit dem blauen Feuer ...« Er vermied es, die Geister zu erwähnen, und hoffte, dass Dennis oder Lisa von sich aus darauf kamen.
»Das sah schräg aus, was?«, bemerkte Dennis. »Das war Torffeuer, die heizen hier alle mit Torf. Der macht die Flamme blau und lässt alle Leute blau erscheinen – wie Geister.«
Also keine Geister.

»Und woher wisst ihr das?«, fragte Kim dennoch nach.
»Von Maarten, Abraham van de Bos' ältestem Sohn. Er hat uns das mit dem Torf erklärt. Du musst Maarten gesehen haben. Der große Blonde«, mischte sich Lisa ein.
Kim horchte auf. Er konnte sich an keinen großen blonden Jungen erinnern, aber so, wie Lisa von ihm sprach, mit einer gewissen Weichheit in der Stimme und einem verklärten, nicht für ihn bestimmten Lächeln, stellten sich bei ihm die Nackenhaare auf. Maarten gefiel Lisa, das war sehr gut herauszuhören.
»Er hat geholfen dich heraufzutragen, er ist in Ordnung«, ergänzte Dennis, »du wirst ihn auch mögen. Ich glaube, alle mögen ihn.«
Hoffentlich ist er ein bisschen einfältig, dachte Kim erbittert, dann hat Lisa schnell genug von ihm.
»Na ja, Hauptsache er ist friedlich. Und jetzt verratet mir, wer mir eins übergebraten hat und warum. Und erzählt es mir schnell, wir sind gleich unten.«
Dennis antwortete und ab und zu unterbrach Lisa ihn, um etwas hinzuzufügen.
Ihre Reise mit der Uhr hatte sie in eine üble, düstere Kaschemme verschlagen, in den Duivelskopp, den Teufelskopf. In eine kleine Kammer zwischen der eigentlichen Gaststube und einem Hinterzimmer. Beim Verlassen der Kammer waren sie mitten in eine Versammlung geplatzt

und hatten große Aufregung ausgelöst. Einer von den Männern hatte Kim mit einem leeren Bierhumpen niedergeschlagen, der Kerl hatte direkt hinter ihm gestanden. Es hätte noch schlimmer kommen können, wenn nicht Abraham gerade aufgetaucht wäre und sie alle drei in Schutz genommen hätte. Ohne zu zögern, hatte er sich Kim auf die Schulter geladen und war mit ihnen abgezogen, hierher in sein Haus.

»Und die Uhr, habt ihr die Uhr?«

Sie hatten das Ende der Treppe erreicht, wo ein paar von Abrahams Kindern auf sie warteten.

Dennis schüttelte nur den Kopf, was Kim einen heißen Schrecken versetzte.

»Warum habt ihr euch nicht darum gekümmert?«

Lisa legte ihm die Hand auf die Schulter. »Der da ist Maarten«, sagte sie und deutete auf einen gut aussehenden großen Jungen. Er musste wenigstens siebzehn sein, wenn nicht schon achtzehn. Aber was kümmerte Kim in diesem Moment Maarten? Ohne die Uhr würden sie nie nach Hause zurückkehren können. Sie wären für immer in diesem Pisspottjahrhundert gefangen.

Beim Essen bekam Kim trotz seines Bärenhungers zunächst kaum einen Bissen herunter. Denn er musste ständig an den Duivelskopp denken und wie sie es bewerkstelligen sollten, dorthin zurückzufinden, um nach der Uhr zu fahnden. Seit ihrer Ankunft war etwas mehr als eine Stunde vergangen, hatte Lisa erklärt, es blieben ihnen also knapp dreiundzwanzig Stunden. In dieser Zeit mussten sie die Uhr finden und sich in das Kämmerlein im Duivelskopp stehlen, damit sie den Rückreisezeitpunkt nicht verpassten. Nur wenn sie sich nach genau vierundzwanzig Stunden zusammen mit der Uhr am gleichen Ort wie bei ihrer Ankunft befanden, hatten sie eine Chance, wieder auf Tante Bettys Dachboden zu landen, in ihrer eigenen Zeit. Gut zweiundzwanzig Stunden erschienen ihm furchtbar kurz, wenn er bedachte, dass sie nichts über das Schicksal der Uhr wussten. Im Geist sah er, wie einer der Gäste in der Kaschemme mit der kostbaren Uhr unter dem Arm auf Nimmerwiedersehen davonzog. Wahrscheinlich war das längst geschehen. Er schielte zu Dennis. Wie konnte der bei ihren trüben Aussichten auf Rückkehr nur so ungehemmt schlingen? Das war unanständig.

Griet schien essen überhaupt für unanständig zu halten. Um ihnen den Appetit zu verderben, hatte sie, bevor sich alle hinsetzen durften, erst ein ellenlanges Gebet gesprochen, das im Grunde genommen nur aus Ermahnungen bestand und der Ausmalung von Höllenstrafen, die ihnen bereits drohten, wenn sie auch nur lachten. Jesus Christus, sagte Griet, hätte niemals gelacht, jedenfalls

stand nichts davon in der Bibel. Erst ganz zum Schluss dankte sie Gott für die aufgetischten Speisen.
Die fielen erfreulich üppig aus. Es gab saftigen Braten, Pasteten mit köstlicher Füllung, Hähnchen, außen schön kross und innen zart, ein paar geschmorte Kaninchenrücken und jede Menge leckere Sauce. Die Niederländer des siebzehnten Jahrhunderts verstanden etwas vom Kochen, das musste Kim zugeben. Und die ganze Tischrunde wurde kreuzfidel, sobald Griet nach ein paar hastigen Bissen die Küche verlassen hatte. Schon bald kam Gelächter auf und Kim begann sich wohlzufühlen. Trotz allem.
Merkwürdig war, dass es in der geräumigen Küche nicht nach Kochen aussah. Dabei stand an einer Schmalseite ein von blau bemalten Kacheln eingefasster, eingemauerter Herd. Darüber hingen blank geputzte kupferne Töpfe, Pfannen und andere Gerätschaften. Daneben, in einem kunstvollen Gestell, war prächtiges, bunt bemaltes Geschirr aufgereiht. Alles wirkte sehr ordentlich und unbenutzt. Maarten hatte Kims verwunderte Blicke bemerkt und beugte sich zu ihm über den langen Tisch, an dem sie alle saßen.
»Dies ist nicht die Kochküche«, sagte er verschmitzt, »hier wird nur gegessen. Gekocht wird dort, wo Tante Griet gerade unsere Tries auszankt.«

Ihre keifende Stimme drang zu ihnen durch eine offen stehende Tür, die auf einen Flur hinausführte. An dessen Ende musste die Küche liegen, in der gekocht wurde. Außer Griets Stimme war die eines schluchzenden Mädchens zu hören.

»Hat Griet Kinder?«, fragte Kim schaudernd und schaute sich in der Tischrunde um. Einer der Jungen fiel ihm auf. Im Gegensatz zu den übrigen hatte er braunes Haar und er wirkte so missmutig wie Griet. Er musste ein oder zwei Jahre jünger als Maarten sein und seine Verdrossenheit machte ihn extra unansehnlich.

»Du meinst David, nicht wahr?« Unauffällig deutete Maarten auf den Jungen. »Nein, er ist nicht Tante Griets Sohn. Sie hat keine Kinder, sie war nie verheiratet. David und seine Geschwister – sie sind fünf, musst du wissen – gehören zu Vaters Bruder Johan. Er und seine Frau befinden sich auf einer Handelsreise. Damit die Kinder nicht allein sind, hat Vater sie zu sich genommen. Wir warten jetzt seit einem Jahr auf Onkel Johans Rückkehr.« Ein Schatten flog über Maartens hübsches Gesicht.

»Das ist aber nett, dass euer Vater eure Cousins und Cousinen aufgenommen hat«, murmelte Kim, der sich nicht wirklich dafür interessierte.

»Das ist nicht nett.« David, der zwei Plätze weiter saß, schräg gegenüber von seinem ältesten Vetter, hatte den

Kopf gehoben und funkelte Maarten an. »Das ist nur Berechnung. Wir sind ein Pfand, das Onkel Abraham bis zu Vaters Rückkehr in der Hand behält. Solange wir bei ihm sind, ist er sicher, dass ordentlich geteilt wird. Vaters Reise ist schließlich keine wie jede andere«, fügte David scharf hinzu. Es war allzu klar, dass er Maarten nicht mochte. Vielleicht war er aber auch grundsätzlich schlechter Laune. Weil er seine Eltern vermisste und sich im Haus seines Onkels offensichtlich nicht wohlfühlte. Kim empfand Sympathie für ihn, ein bisschen wenigstens.

Maarten schüttelte nur amüsiert den Kopf, die Feindseligkeit von David prallte vollständig an ihm ab, nur seine Augen blickten ernst.

Kim ließ sich in ein Gespräch mit seiner Nachbarin ziehen, einer der älteren Töchter Abrahams, und bald schon vergaß er den kleinen Schlagabtausch zwischen den Vettern. All der Lärm der Unterhaltung, die Enge am Tisch, die Fröhlichkeit machten ihn selbst froh. Das war echtes Leben, das war genau das, was er in Drensteinfurt vermisste.

Keinen in der großen Runde schien es zu scheren, dass Kim Chinese war. So oft schon war ihm seit seiner Ankunft in Deutschland in den Blicken und im Verhalten der anderen ein ganz unmerklicher Vorbehalt oder eine leichte Zurückhaltung begegnet, die er auf seine chinesische Herkunft schob. Für so etwas bekam man ein Gespür. Hier war nichts davon zu bemerken. Warum nicht? Die Leute im siebzehnten Jahrhundert lebten doch noch hinter dem Mond, sie hätten bei seinem Anblick eigentlich platt vor Staunen sein müssen. Oder voller Furcht und Misstrauen. Am liebsten hätte er laut gesagt: Ich komme von der anderen Seite der Erdkugel, aus China! Meine Haare sind tintenschwarz, solche Haare hat keiner von euch. Und dann erst meine Schlitzaugen!

Es war, als ob sie alle blind wären.

»Gibt es viele Fremde in Amsterdam?«, fragte er schließlich schüchtern.

Erstaunt sah ihn das Mädchen an, dann glitt ihr Blick langsam über sein Haar und sein Gesicht. Erst lächelte sie, dann begann sie zu kichern.

»Kim hat gefragt, ob es viele Fremde in Amsterdam gibt!«, rief sie in die Runde.

Kim kam es vor, als hätte ihm jemand einen Kübel kaltes Wasser ins Gesicht geschüttet.

Alle lachten, bis das Mädchen – sie hieß Saskia – seinen Gesichtsausdruck sah. Betreten legte sie ihm die Hand auf den Arm.

»Seid still, seid alle still!«, forderte sie die anderen auf und sah ihn dann um Verzeihung bittend an. »Warst du noch nie hier? Ich glaube, du weißt nicht, dass Amsterdam die größte Handelsstadt der Welt ist. Hierher kommen Menschen aus aller Herren Länder. Portugiesen, Flamen, Balten, Deutsche, Russen, Chinesen, Inder, viele leben inzwischen hier, und wir sind glücklich, dass sie da sind.«

»Die Fremden haben uns geholfen reich zu werden«, mischte sich Abraham ein. »Sogar sehr reich. So reich wie Amsterdam ist keine Stadt der Welt. Du denkst, du bist hier was Besonderes? Wir handeln mit China. Ich bin Tee- und Gewürzhändler.« Stolz schlug er sich auf die Brust und zwinkerte ihm zu. »Um zu handeln, seid ihr doch sicher selbst hier. Also, um auf meine Frage von vorhin zurückzukommen: Was habt ihr aus Haarlem mitgebracht?«

Verwundert linste Kim zu Lisa hinüber. Sie hob unmerklich die Schultern, um anzudeuten, dass sie vergessen hatte ihm mitzuteilen, welche Geschichte sie Abraham aufgetischt hatte. Sie kamen also aus Haarlem. Na gut. Aber was wollten sie hier? Hatte Lisa auch das Abraham verraten? Mit was außer Tee und Gewürzen handelte man in Amsterdam?

»Eine *Viceroy* werden sie nicht haben«, mischte sich Maarten ein.

»Eine *Viceroy*?«, wiederholte Kim dümmlich.

Abraham gab Maarten einen Wink. »Hol die *Viceroy*. Wir wollen sie ihnen zeigen, damit sie Vertrauen zu uns fassen.« Er wandte sich wieder an Kim. »Dein Misstrauen zeigt mir, dass du kein Dummkopf bist.«

Ein grosses Unglück

Maarten kam mit einem Tuch zurück, in das etwas eingewickelt war und das er mit beiden Händen hielt, als hätte er Angst, er könnte es aus Versehen fallen lassen. Äußerst vorsichtig legte er das Bündel vor seinen Vater auf den Tisch. Abraham winkte Kim, Lisa und Dennis zu sich. Alle Kinder waren verstummt und blickten gebannt auf das Tuch, als erwarteten sie eine Kostbarkeit, etwas ganz und gar Erlesenes.

Und dann ließ sich Abraham auch noch Zeit mit dem Auspacken, als wollte er alle extra auf die Folter spannen. Aber möglicherweise enthielt das Tuch ja einen höchst zerbrechlichen Gegenstand.

Zum Vorschein kam eine Art unordentliches Vogelnest aus Heu und Holzwolle. Mit großer Behutsamkeit schob Abraham das Zeug auseinander.

Mittendrin lag nichts anderes als eine Zwiebel! Eine ganz gewöhnliche unansehnliche Zwiebel, an der unten zwei winzige Knöllchen saßen. Wieso alle andächtig diese

Zwiebel anstarrten, war Kim ein solches Rätsel, dass er nur den Kopf schütteln konnte.

Ein Mädchen fuhr sich mit der Zunge über die Lippen und krampfte die Hände in ihre weiße Schürze. Ein anderes seufzte ergriffen.

»Das ist eine *Viceroy*!«, sagte Abraham heiser vor Stolz und Ehrfurcht. »Na, wie gefällt sie dir, Kim?«

Kim schwieg und betrachtete die Zwiebel eine Weile ungläubig. Sie hatte eine glatte, braune, ein bisschen lilafarbene Haut.

»Die Zwiebel?«, fragte er vorsichtig nach. »Das ist doch eine Zwiebel?«

Ein Junge prustete laut, bis Abraham ihm einen strengen Blick zuwarf, der ihn eingeschüchtert verstummen ließ.

Dann streckte Abraham den Kopf vor und musterte Kim abschätzend. Vielleicht überlegte er, ob er gerade auf den Arm genommen wurde. »Aber ja.«

»Sieht gut aus. Ich würde sie mit Essig und Öl anmachen oder vielleicht braten«, sagte Kim tapfer, während er das Gefühl hatte, vollkommen im Nebel zu tappen. So viel Aufregung wegen einer *Zwiebel*? »In einer Eisenpfanne. Am besten mit Sesamöl.«

Abraham schloss entnervt die Augen. Alle anderen waren erstarrt.

»Das ist eine Tulpenzwiebel«, zischte Lisa, »eine wie die von Tante Bettys kostbaren Papageientulpen, die dich nicht interessiert haben.«

Er hätte in Tante Bettys Garten wohl doch besser hinhören sollen, dachte Kim reumütig. Aber wie hätte er ahnen sollen, dass Tulpen auf einmal so eine Wichtigkeit haben könnten? Zumindest bei den Niederländern im siebzehnten Jahrhundert.

»Ist die wertvoll?«, fragte er vollkommen verwirrt. »Ich meine, die *Viceroy**.«

Abraham machte die Augen wieder auf und funkelte Kim an. »Du machst mich wütend, Junge. Du machst mich wirklich wütend! Ich dachte, ich hätte etwas Besseres verdient als diese Unverschämtheiten. Eine *Viceroy* wertvoll!«

»Na ja.« Kim zuckte verzweifelt die Schultern und gab sich den Anschein, zu verstehen, was Abraham ihm mitzuteilen versuchte. »Bestimmt ist sie wertvoll«, sagte er und grinste unsicher.

Was um Himmels willen ging hier vor? Abraham stellte sich mit seiner verdammten Zwiebel ja noch schlimmer an als Tante Betty. Deutlich hatte Kim ihr Gekeife im Ohr, als er die Blumenzwiebel aufgespießt hatte. Was kostete so eine Zwiebel, wenn sie wertvoll war? Fünf oder sechs Euro? Sechs Euro für einen braunen Knubbel, aus

* *Name einer Tulpensorte*

dem im Frühjahr eine Tulpe wuchs, die spätestens nach zwei Wochen verwelkte?

Dieses Rätsel drohte seinen Kopf zu sprengen. Vorsichtig tastete er nach der Beule, den Verband hatte er bereits entfernt. Der Schmerz, den er jetzt spürte, war ihm schon beinahe willkommen. Er zeigte ihm, dass er sich in der Wirklichkeit und nicht in einem verrückten Traum befand.

»Wertvoll?« Abraham kniff die Augen zu schmalen Schlitzen zusammen. »Du bist ziemlich ausgekocht, nicht wahr? Du willst mich provozieren. Die *Viceroy* ist die Königin der Tulpen!«

»Na ja«, sagte Kim kühl, »da gibt es ja immer noch einen Kaiser, nicht wahr?«

Zunächst wurde Abraham kalkweiß im Gesicht, dann fuhr ihm die Röte wie eine Stichflamme in die Wangen. Schwerfällig stemmte er sich hoch.

»Entschuldigt mich, Kinder, ich bin gleich zurück.« Er stampfte hinaus. »Diesem Jungen werde ich noch das Maul stopfen«, murmelte er erregt.

Verwundert hörten sie ihn die Treppe hinaufpoltern und eine Tür zuschlagen.

»Diese *Viceroy*, wie wertvoll ist sie?«, fragte Dennis.

»Im Dezember war sie noch für etwa fünfhundert Gulden zu haben, aber jetzt?« Maarten furchte in gespieltem

Nachdenken die Stirn. »Was meinst du, David?« Es war das erste Mal, dass er sich direkt an seinen Vetter wandte. »Dreitausend auf der letzten Auktion, von der ich gehört habe. Das war vor einer Woche. Wer weiß, wo der Preis jetzt steht. Bei viertausend vermutlich, denn da sind ja noch die beiden Brutzwiebeln.« Lässig deutete er auf die winzigen Auswüchse unten an der Knolle.
Das klang nach viel Geld. Aber ... Kim bemerkte, wie Dennis die Augen aufriss. Rasch flüsterte er ihm zu. »Was ist ein Gulden wert? So viel wie ein Euro oder mehr?«
Lisa fasste nach seinem Arm, sie hatte die Frage mitbekommen. »Viel mehr, soweit ich weiß, sehr viel mehr, zumindest in diesem Jahrhundert. Ich hab noch nie gehört, dass jemals so viel Geld für eine einzige ...«
Ein furchtbarer Schrei ließ sie alle zusammenfahren, ein Schrei, der von oben kam, aus dem Stockwerk über ihnen. David war der Erste, der zur Tür rannte, dann folgten ihm alle anderen. Sie rasten die Treppe hinauf und einen langen Flur entlang, an dessen Ende ein großes Zimmer lag.
Es war ein Schlafzimmer, noch prächtiger ausgestattet als das, in dem Kim erwacht war. Und mitten auf einem Teppich vor dem Himmelbett lag Abraham lang ausgestreckt, die Augen starr nach oben gerichtet. Es sah ganz danach aus, als hätte ihn der Schlag getroffen.

Kim blickte auf den leblosen Mann. War Abraham tot? Maarten kniete sich neben ihn hin, während immer noch Kinder in den Raum drängten und auf die ausgestreckte Gestalt starrten. Leises Schluchzen kam auf, ein Mädchen schlug sich die Schürze vors Gesicht.

»Vater, Vater, hörst du mich?« Maarten rüttelte Abraham sacht am Arm, wartete einen Moment angespannt und wandte sich schließlich entsetzt an die anderen. »Er reagiert nicht.«

Tatsächlich hatte sich nicht ein Muskel im Gesicht des Mannes geregt. Kim schaute sich unauffällig um. Deutlich erinnerte er sich an den Schrei. Irgendetwas musste Abraham zu Tode erschreckt haben. Auf dem Teppich lagen Tabakskrümel verstreut, jetzt bemerkte er auch den Geruch von Tabak und endlich entdeckte er einen kleinen Holzkasten, der Abraham wohl aus der Hand gefallen war. Mit aufgeklapptem Deckel lag das Kästchen neben dem Fuß einer Kommode. Erstaunt hob Kim es auf. Anscheinend hatte sich nicht viel Tabak darin befunden.

Mit dem Behälter in der Hand ging er zu einem Fenster, das halb offen stand und durch das Sonnenlicht hereinfiel. Es war ein hübsches Kästchen aus poliertem Holz mit einem aufwendig gearbeiteten silbernen Beschlag.

Es schien aber vollkommen in Ordnung zu sein, nichts war beschädigt.

Was also hatte Abraham derartig erschreckt? Sinnend sah Kim zum Fenster hinaus.

Das Haus lag an einem Kanal oder Fluss, stellte er fest. Am anderen Ufer zog sich eine schmale Straße entlang, von prächtigen Häusern gesäumt. Keins der Häuser war sehr breit, aber dafür mindestens vier Stockwerke hoch. Die hohen in Sandstein eingefassten Fenster mit den blitzsauberen Scheiben, das rote Backsteinmauerwerk und die mit hübschen Steinornamenten geschmückten Giebel zeugten von Wohlstand. Oben an jedem Giebel ragte ein Balken heraus, an dem ein Seil und eine große Umlenkrolle befestigt waren. Ein Flaschenzug, erkannte Kim und wusste auf einmal, wie die Möbel in die oberen Stockwerke gelangten. Mithilfe des Flaschenzugs wurden sie heraufgezogen und durch die Fenster hereingeholt. Neugierig geworden, beugte er sich hinaus und schaute nach unten. Auch vor Abrahams Haus verlief eine schmale, gepflasterte Straße und direkt gegenüber seiner Haustür, dicht am Kanalufer stand ein ärmlich gekleideter Junge und starrte zu Kim herauf. Kaum kreuzten sich ihre Blicke, wandte sich der Junge ab und lief wie gehetzt auf eine Brücke zu, die nicht weit entfernt den Kanal überspannte. Wenige Augenblicke später war der Junge verschwunden, aber vorher hatte er sich noch einmal umgedreht, als befürchtete er verfolgt zu werden.

Hatte der Junge zufällig vor dem Haus herumgelungert und Abrahams Schrei gehört?
Kim versuchte sich den Gesichtsausdruck des Jungen ins Gedächtnis zurückzurufen. Hatte er Erstaunen gezeigt oder doch eher Furcht? Am Ende ganz bestimmt Furcht, als der Junge ihn, Kim, am Fenster bemerkt hatte. Deshalb war er ja auch davongelaufen, so viel stand fest.
Die älteren Söhne und ihre Cousins hatten Abraham inzwischen aufs Bett gelegt. Griet war ins Zimmer gekommen. Mit ein paar heftigen Handbewegungen scheuchte sie die Kinder aus der Nähe des Bettes, aber sie konnte nicht eins dazu bewegen, den Raum zu verlassen. Ganz offensichtlich hingen alle sehr an ihrem Vater beziehungsweise Onkel. Alle bis auf David. Mit verschränkten Armen lehnte er an der Wand und guckte eindeutig mürrisch drein.

Doktor Tulp sticht zu

»Was sollen wir denn jetzt machen?«, jammerte Griet. »Saskia, hol eine Schüssel mit heißem Wasser, nein, besser kaltem. Maarten, mach ihm den Kragen auf, beweg seine Arme, leg ihm die Beine hoch ...« Griet gab eine Menge wirrer Anweisungen.

»Ich hole Dr. Tulp«, sagte David und stieß sich von der Wand ab.

Griet schlug die Hand vor die Stirn. »Warum habe ich nicht gleich daran gedacht? Nein, David, schick lieber einen von den Jüngeren, ich will nicht, dass du gehst. Vielleicht brauchen wir dich hier. Ach, ist das ein Unglück!«

»Kannst du nichts tun?« Lisa war an Kim herangetreten.

»Ich glaube nicht, dass Tante Griet meine Einmischung recht wäre«, wehrte er ab.

»Du weigerst dich etwas für jemanden zu tun, der dir das Leben gerettet und dich in sein Haus aufgenommen hat? Das glaub ich nicht!«, sagte Lisa heftig.

»Verstehst du was von Heilkunst?«, fragte jetzt auch Maarten.

»Ich kann ihm höchstens den Puls fühlen und sagen, ob er noch lebt.«

»Ob er noch lebt?«, keuchte Maarten. »Glaubst du denn, er ist ...« Er sprach nicht weiter.

Einen Augenblick glomm nackte Furcht in seinen Augen auf, dann fuhr er sehr beherrscht fort: »Ja, bitte tu das, wenn wir wissen, dass Vater lebt, haben wir wenigstens noch Hoffnung.«

»Bei einem Schlaganfall?«, mischte sich Dennis ein. »Da würde ich erst mal abwarten. So ein Schlaganfall ...«

»Hör auf!«, rief Lisa. »Worauf wartest du, Kim? Fühl ihm den Puls!«

Wann hatte er Lisa eigentlich erzählt, dass er etwas vom Pulsfühlen verstand?, grübelte Kim, während er sich einen Weg durch die Kinderschar zum Bett bahnte. Selbst Griet machte ihm freiwillig Platz, beobachtete aber argwöhnisch, wie er sich über Abraham beugte. Er nahm den Puls am Handgelenk und versuchte sich an die Lehren von Großvater Kao zu erinnern. Viel hatte er nicht bei ihm gelernt, aber vielleicht reichte das bisschen schon.

»Na ja«, murmelte er schließlich verlegen, »er lebt, das ist sicher.«

Jubel brach aus, der sofort von Griets keifender Stimme gedämpft wurde.
»Wollt ihr wohl still sein, ihr Rangen? Was lungert ihr überhaupt noch hier herum? Geht, geht alle hinunter, bevor Dr. Tulp kommt.« Jetzt gelang es ihr doch, alle bis auf Maarten, David, Lisa und Dennis nach draußen zu drängen. Saskia kam mit einer Schüssel Wasser nebst Handtuch wieder herein.
Kim hockte auf dem Bett und fühlte immer noch Abrahams Puls.
»Der Puls ist schwach, aber regelmäßig. Mehr kann ich nicht sagen, allerdings …«
Abrahams Augenlid zuckte.
»Hören Sie mich?«, fragte er ihn.
Abraham blinzelte kurz. Kim seufzte erleichtert auf. »Er ist jetzt bei Bewusstsein«, teilte er den anderen mit und winkte Saskia mit dem angefeuchteten Tuch heran. »Wir sollten ihn mit dem Kopf höher legen, das erleichtert ihm das Atmen.«
Mit Maartens und Davids Hilfe betteten sie Abrahams Kopf auf dicke Kissen, nachdem sie ihm das Tuch in den Nacken gelegt hatten. Seine Augen beobachteten nun unruhig, was um ihn herum vorging. Mehrmals versuchte er zu sprechen, aber es gelang ihm nicht. Er röchelte nur.

Endlich traf Dr. Tulp ein und wurde gleich sehr geschäftig. Kurz sah er Abraham in die Augen, klopfte ihm auf die Wangen, schaute sich im Raum um, sah die Schüssel und befahl Saskia sie zum Fenster hinaus zu leeren. Dann musste David die Schüssel übernehmen und damit zum Bett kommen. Griet machte auf Anweisung von Dr. Tulp einen Arm des Kranken frei. Inzwischen hatte der Doktor aus einer gewichtigen Ledertasche ein Messer mit einer kleinen, spitzen Klinge gezogen, prüfte die Schärfe mit dem Daumen und stach nach einigem Herumtasten Abraham in die Armbeuge.
Ein dicker Blutstrahl schoss aus der geöffneten Ader in die Schüssel, die David standhaft unter Abrahams Arm hielt.
Kim unterdrückte ein Stöhnen. Das sah ja aus wie beim Schlachter. Die Schüssel hätte er nicht halten mögen. Und aus den Augenwinkeln sah er, wie Dennis sich hastig abwandte.
»Zu viel dickes Blut«, schimpfte Dr. Tulp, »das hab ich ihm schon so oft gesagt. Kommt von zu viel gutem Essen und zu viel Trinken.«
»Meine Rede seit Jahren!«, fiel Griet ein. »Diese Völlerei ist nicht gottesfürchtig, aber er hört …« Entsetzt brach sie ab. Der Anblick der stetig größer werdenden Blutlache in der Schüssel verschlug ihr die Sprache.

Abraham hatte bei Tisch zuerst zwei riesige Humpen Bier geleert – zum Anfeuchten der Kehle, wie er behauptet hatte – und dann ganz allein eine Flasche Wein. Und gegessen hatte er nach Kims Meinung für mindestens drei. So weit musste er Griet und Dr. Tulp recht geben.
Lisa verfärbte sich leicht grün angesichts des Bluts, während sich in Davids Gesicht absolut nichts regte. Es war eigenartig, dass Dr. Tulp gerade ihn zu seinem Gehilfen bestimmt hatte. Oder vielleicht auch nicht. David schien vom Unglück seines Onkels am wenigsten betroffen und behielt deshalb am ehesten die Nerven. Aschfahl hatte sich Maarten ans Fenster zurückgezogen und hielt seine bebende Schwester Saskia im Arm.
Da Kim im Augenblick ja ohnehin nichts tun konnte, ging er an das andere Fenster und blickte hinaus. Draußen ließ die Sonne das Wasser eigenartig glitzern. Auch die entlaubten Bäume am Kanal glitzerten, als wären sie mit Tausenden von Tautropfen benetzt. Es sah umwerfend schön aus.
Erst als Abraham laut aufstöhnte, drehte sich Kim um und bemerkte, dass dessen Blick diesmal gezielt nach etwas suchte.
»Wo ist sie?«, raunzte er. Erregt begann er mit den Armen zu rudern und schlug dabei versehentlich David die Schüssel aus der Hand. Ein Schwall Blut schwappte

auf den Teppich, als die Schüssel am Boden aufschlug, und aus Abrahams Arm schoss es jetzt aufs Bett.

Griet schrie auf.

Kim rannte zum Bett und presste blitzschnell zwei Finger auf die Stelle, wo Dr. Tulp mit dem Skalpell Abrahams Ader geöffnet hatte.

»Ah, wieder der Junge. Na, wenigstens der ist jetzt auf den Beinen. Nun lass das mal«, sagte der Doktor gelassen und winkte ihn beiseite.

David hatte die Schüssel aufgehoben und hielt sie wieder so, dass das Blut hineinplätschern konnte. Der Albtraum ging also weiter.

Endlich holte Dr. Tulp aus seiner Ledertasche einen langen Streifen Verbandsstoff und begann ihn fest um Abrahams Arm zu wickeln. Alle im Raum atmeten sichtlich auf.

Kim ging zu Dennis hinüber.

»Was für ein Schlächter«, murmelte Dennis, »wie gut, dass ich in dieser Zeit nicht zu Hause bin.«

»Das war ja barbarisch«, flüsterte Lisa erschüttert.

»Er scheint zu wissen, was er macht.« Kim deutete mit dem Kopf auf Dr. Tulp, der höchst zufrieden auf seinen Patienten hinabsah und David mit einer lässigen Geste bedeutete die Schüssel mit dem Blut zu entfernen. David stellte sie aber nur neben der Tür ab und blieb im Zim-

mer. Abraham begann wieder heftig zu atmen, alle sahen, dass er sich bemühte etwas zu sagen.
»Gib Ruhe, Abraham, oder ich zapf dir gleich noch mal Blut ab«, sagte Dr. Tulp streng.
»Wo?«, flüsterte Abraham wieder. Unruhig tastete seine Hand neben sich auf der bestickten Bettdecke herum. Was suchte er, was war für ihn so wichtig in diesem Augenblick, wichtiger als sein elender Zustand?
Leise waren ein paar von den Kindern wieder eingetreten und schauten furchtsam auf das riesige Bett und den kranken Mann darin.
»Papa!«, schluchzte ein kleiner Junge auf, bevor ihm eins der Mädchen die Hand auf den Mund legte und ihn an sich drückte.
Abraham beschäftigte etwas, was ihn nicht zur Ruhe kommen ließ, das war offensichtlich. Dr. Tulp, unterstützt von Griet, schimpfte mit ihm und auch mit den Kindern, die sich jetzt nicht mehr vertreiben ließen. Zwei von den Kleinen waren aufs Bett gekrochen und hatten sich neben Abraham zusammengerollt.
Kim hatte mit den Augen den ganzen Raum abgesucht, schließlich blieb sein Blick am Tabakskästchen hängen. Wollte Abraham seinen Tabak? Immerhin hatte er den Kasten in der Hand gehabt, als ihn der Schlag getroffen hatte. *Falls* ihn ein Schlaganfall getroffen hatte.

Kim schlängelte sich durch die Kinderschar, holte den Holzkasten und trat damit ans Bett.
»Ist es das? Tabak ist aber keiner mehr darin.« Langsam drehte er den Kasten so, dass Abraham ins leere Innere blicken konnte. Mit weit aufgerissenen Augen bäumte er sich auf und stieß einen markerschütternden Schrei aus. Und dann sahen alle, wie ihm zwei dicke Tränen die Wangen herabliefen.
»*Semper* …«, nuschelte er.
Tränen wegen verschütteten Tabaks? Ratlos schauten sich die jüngeren Kinder an, die kleinen runden Gesichter vor Kummer verzerrt.
Zufällig fiel Kims Blick auf Tante Griet. Sie hatte die Hand vor den Mund geschlagen und wich langsam zurück.
»*Semper?*«, rief Maarten mit überschlagender Stimme. »Was meinst du mit *Semper*, Vater, doch nicht …«
Mühevoll nickte Abraham. »*Semper Augustus*.« Es war nur ein Flüstern, aber alle hatten es gehört. Und langsam wandten sie sich Tante Griet zu, die die Schultern zusammenkrümmte und die Hände betroffen an die Wangen hielt.
»Tante Griet?«, fragte Maarten heiser.
»Das hab ich doch nicht gewusst!«, rief sie. »Das hab ich doch wirklich nicht gewusst. Ich wollte doch nur …«
»Was hast du gewollt?« Maarten ging mit grimmiger Mie-

ne auf seine Tante zu. »Was hat du gewollt? Sag es uns!«, brüllte er.

Kein Respekt, dachte Kim, Maarten zeigt vor seiner älteren Verwandten überhaupt keinen Respekt. Der weiß nicht, was sich gehört.

Zitternd deutete Tante Griet zum Fenster. »Ich hab sie rausgeworfen. Die Tulpenzwiebel. Das Teufelszeug, das uns alle noch ruiniert. Ich hab gesehen, wie er sie im Tabak versteckt hat, und hab gedacht, jetzt schnappt er über. Eine Tulpe im Tabak!«

»Vater! Du hast eine *Semper Augustus* ersteigert? Wo? Wie teuer?« Maarten beugte sich tief zu Abraham hinab. »Hast du das Haus dafür verpfändet? Unsere Schiffsbeteiligung? *Alles*?« Als Antwort nickte Abraham jedes Mal beinahe unmerklich. Der ganze Mann verging geradezu vor Schuldbewusstsein und Verzweiflung. Es war eine Qual, das mit anzusehen.

Das Haus?, dachte Kim verblüfft. Dieses prächtige Haus für eine einzige Zwiebel?

»Wo sind die Schuldscheine? Im Kontor? David? Hast du das gewusst?« Wütend drehte sich Maarten zu seinem Vetter um.

David war nicht mehr da.

»Er hat sich aus dem Staub gemacht, der Feigling!«, rief Maarten zornig.

Kim hatte gesehen, wie David zur Tür hinausgeschlüpft war, nachdem Griet verraten hatte, was sie getan hatte, und sich seinen Teil gedacht. »Ich glaube eher«, warf er ein, »er sucht die Zwiebel auf der Straße. Ist es lange her, dass Sie den Kasten ausgeleert haben?«, fragte er Griet.
Sie schüttelte nur stumm den Kopf. Einige der Kinder rannten jetzt hinaus. Ihnen war klar geworden, was sie zu tun hatten: Die Straße nach einer braunen Tulpenzwiebel abzusuchen, die einen ungeheuren Wert besaß. Kim kam sich vor, als sei er in einem Irrenhaus gelandet oder besser in einer vollkommen irren Zeit. Wie sonst ließ sich erklären, dass es Menschen fertigbrachten, für eine dumme Blumenzwiebel ein ganzes Haus zu verpfänden? Schwerfällig wandte er sich zur Tür. Nun würde er also wie die anderen zwischen den Pflastersteinen dieses Ding suchen, dabei wäre eine andere Suche für ihn wesentlich wichtiger: die nach Großvater Kaos Uhr.
Unten im Hausflur kam ihnen Willie bellend entgegen und stürzte sich auf Lisa. Sie nahm ihren Hund auf den Arm und wollte den anderen nach, aber Kim hielt sie und Dennis zurück.
»Es sind schon genug Leute draußen. Bleibt hier. Ihr habt mir immer noch nicht erzählt, was mit der Uhr passiert ist. Wieso habt ihr sie in dem Gasthaus zurückgelassen? Ich versteh das nicht.«

Maarten kam an ihnen vorbei. »Kommt ihr nicht mit?«, fragte er verwundert und sah dabei Lisa an.

»Sofort«, antwortete Lisa zu Kims Ärger.

»Wir haben hier erst noch was für uns zu klären«, sagte Kim abwehrend, »außerdem hab ich Angst, dass einer auf die Zwiebel trampelt, wenn wir zu so vielen nach ihr suchen.«

»Lisa?«, fragte Maarten, als hätte Kim nichts gesagt. »Für uns steht so viel auf dem Spiel.«

»Natürlich, ich komme.«

Maarten sah sie mit einem glühenden Blick an, der ihre ganze Haltung veränderte. Es war wie eine Verzauberung. Auf einmal sah Lisa größer und hübscher aus und das wusste sie. Kim wand sich vor innerer Qual. Nie, nie würde er so einen Blick fertigbringen. Gegen Maarten war er nur ein dummer kleiner Junge, der gar kein Talent hatte, ein Mädchen wie Lisa für sich einzunehmen. Maarten gelang das mit einem Fingerschnippen, hatte er den Eindruck. Er kam sich vor, als hätte er Essig gegessen – *chi cu* – das war der chinesische Ausdruck für Eifersucht. Ja, er war eifersüchtig, gestand er sich ein. Und er war entschlossen, Maarten nicht so einfach das Feld zu überlassen. Nein, er würde um Lisas Zuneigung kämpfen, selbst wenn das bedeutete sich ernsthaft und mit aller Konzentration an der Suche nach einer *Zwiebel* zu beteiligen.

»Schnelle Freundschaft«, murmelte Dennis anzüglich, als die beiden nach draußen gegangen waren. »*Peng you* oder *zhi yin,* was meinst du?«
Aber Kim hatte keine Lust, die Frage zu erörtern. Er hatte Dennis einmal erklärt, welche Arten von Freundschaft ein Chinese unterschied. Alles in ihm sträubte sich gegen die Vorstellung von Maarten als *zhi yin,* als Lisas Herzensfreund. Um Freundschaft, hatte er den Verdacht, ging es Abrahams ältestem Sohn auch gar nicht.
»Können wir auf die Uhr zurückkommen?«, fragte er scharf.
Dennis zog ein unglückliches Gesicht. »Da war nichts zu machen. Dieser Kerl hat dich niedergeschlagen, und dann standen die anderen auf und schrien herum, als wollten sie auch noch über uns herfallen. Verstehst du? Wir hatten gar keine Chance, uns um die Uhr zu kümmern. Ich hab keinen Schimmer, was aus ihr geworden ist. Wir müssen zurück in den Duivelskopp, um das herauszufinden.«
»Kennst du den Weg dorthin?«
»Nun ja, diese Stadt ist mit den ganzen Grachten, den Brücken und so weiter ziemlich unübersichtlich. Es ist nicht leicht, die Orientierung zu behalten.«
»Würdest du nun den Duivelskopp finden oder nicht?«
»Ich werd's versuchen.«

»Und was zum Teufel sind Grachten?«, wollte Kim wissen. Sie verließen das Haus.

Draußen war es rattenkalt, die Kälte biss ihnen in die Wangen und ließ Kim schaudern. Immerhin verlor sich der letzte Rest der Benommenheit, die ihn seit dem Aufwachen geplagt hatte. Er begann die Arme um sich zu schlagen und auf der Stelle zu trampeln. Das allerdings sollte er vielleicht lassen! Schuldbewusst schielte er nach unten, um nachzusehen, ob ihm eine zertretene Zwiebel an den Stiefeln klebte.

Dennis deutete auf den Kanal. »Das ist eine Gracht. So nennen die Niederländer die Stadtkanäle. Sie benutzen sie wie Straßen, hat mir Abraham auf dem Weg hierher erklärt.«

»Und das soll praktisch sein?«

»Das hat er nicht gesagt.«

Wie Ameisen krochen die Kinder draußen die Gasse zwischen Haus und Gracht entlang und drehten jeden Pflasterstein um. Kim spähte zu dem Fenster hoch, aus dem die Zwiebel gefallen sein musste. Es stand immer noch offen. Er stellte sich den Bogen vor, den die Zwiebel mit dem Schwung, den ihr Griet vor Wut sicher gegeben hatte, auf dem Weg zur Erde beschrieben haben musste. Es war sehr gut denkbar, dass sie ins Wasser geplumpst war, überlegte er nüchtern und schaute zur Gracht.

Je mehr er darüber nachdachte, desto wahrscheinlicher wurde es für ihn.
Der Kanal war recht breit, die Häuser spiegelten sich in dem ruhigen Wasser, das nicht einmal die kleinste Welle kräuselte. Im Spiegelbild sah er, dass einige Fenster jetzt geöffnet waren und Frauen und Kinder herauslugten, um zu sehen, was sich Seltsames vor Abraham de Bos' Haus tat.
In China hätten auch etliche Leute Neugier gezeigt, aber zusätzlich mit den Fingern auf die herumkrabbelnden Kinder gedeutet und dazu laut gelacht. Hier lachte niemand, die Gesichter verrieten nicht einen Anflug von Belustigung, als Kim den Kopf hob und sie betrachtete. Drüben am anderen Ufer stand ein Junge und schaute ebenfalls zu. Das musste der Junge sein, den er schon einmal gesehen hatte. Wahrscheinlich wohnte er an der Gracht.
»Du suchst ja gar nicht«, sagte Saskia vorwurfsvoll. Sie hielt eine kleine Schwester an der Hand, die sie energisch auf die Haustür zu zog.
»Und du selbst? Gibst du die Suche auf? Warum soll ich dann noch damit anfangen?«, fragte Kim.
»Ich setz die Kleine nur schnell auf den Topf, dann mache ich weiter«, antwortete Saskia im gleichen vorwurfsvollen Ton wie zuvor.

Kim ließ sie vorbei, hielt sie aber im letzten Augenblick am Ärmel fest. »Der Junge auf der anderen Seite, wohnt der hier in der Nähe?«
Saskias Blick schweifte über den Jungen und die offenen Fenster an den gegenüberliegenden Häusern. Sie ließ die Hand ihrer Schwester für einen Augenblick los und stemmte die Fäuste in die Hüften.
»Ist das eine Art? So zu glotzen?«, schimpfte sie entrüstet. Köpfe fuhren zurück und die Fenster wurden eins nach dem anderen hastig zugeschlagen, als schämten sich die Leute ihrer Neugier. Das war auch anders als in China, stellte Kim amüsiert fest. Da würden alle ungerührt weiterglotzen.
»Der Junge? Der wohnt nicht an der Herengracht, das sieht man doch schon an dem, was er anhat, hier wohnen nur die Reichen«, sagte Saskia gleichgültig und ging mit der Kleinen ins Haus.
Als Kim wieder zu dem Jungen hinüberschaute, sah er ihn wie beim letzten Mal davonlaufen. Anscheinend waren die Leute hier genauso neugierig wie anderswo auch, aber sie wollten nicht dabei erwischt werden. Saskia schien nicht einmal daran gedacht zu haben, dass der Junge ein Dienstbote sein konnte. Wenn er aber gar nicht hierher gehörte, was machte er dann hier? Kim gab es auf, sich weiter darüber Gedanken zu machen. Schließlich ging

ihn der Junge nichts an. Nichts ging ihn hier etwas an – nur ... Lisa suchte mit Maarten zusammen den Gehsteig ab, sie hielt sich dicht bei ihm und schwatzte lebhaft mit ihm. Seufzend bückte sich Kim und tat so, als würde er äußerst eifrig nach einer Zwiebel suchen.

Doktor Tulp hört zu

Die Zwiebel war nicht aufgetaucht. Tante Griet hatte schließlich das Zeichen gegeben, die Suche zu beenden, und alle ins Haus zurückgescheucht. Ihre Augen waren gerötet und auf ihren blassen Wangen zeigten sich zwei hektische rote Flecken. Sie vermied es, jemanden anzusehen.

Abraham, erklärte sie mit spröder Stimme, schlafe jetzt, aber laut Dr. Tulp werde es Tage dauern, bis er wieder einigermaßen auf den Beinen war. Zweifel daran, dass es überhaupt so weit käme, klangen dabei auf. Sofort begannen ein paar Kinder wieder zu schluchzen. Maarten beorderte die älteren zu einem Kriegsrat in die Bibliothek. Zögernd und geschlagen nahmen sie auf hochlehnigen Stühlen rund um einen schweren dunklen Eichentisch Platz. Rundum an den Wänden erhoben sich die Bücherregale, in denen sorgsam nach der Größe sortierte Bücher standen. Neben einem mit Kacheln umkleideten Ofen befand sich ein Gestell mit langen Pfeifen, und Kim

hatte den Verdacht, dass der Hausherr die Bücherwände vielleicht nur als hübschen Hintergrund für ein paar gemütliche Stunden mit Tabak und Pfeife am Ofen nutzte. Der Ofen strahlte angenehme Wärme aus und es roch ein wenig nach Harz und Holzrauch, gemischt mit dem Duft nach würzigem Tabak und altem Leder. Ein Ort zum Wohlfühlen, wenn nicht diese gedrückte Stimmung geherrscht hätte. Maarten hatte sie eine Weile allein gelassen und kam mit ein paar Schriftstücken in der Hand zurück. Er sah noch niedergeschlagener drein als vorher.
Leise trat Griet hinter ihm herein und nahm neben dem Ofen Platz, sie setzte sich nicht zu den anderen an den Tisch.
»Es ist also wahr?«, fragte David anklagend.
Bevor Maarten antworten konnte, ging die Tür auf und Dr. Tulp erschien. Mit einer Handbewegung bedeutete er Maarten, der aufgesprungen war, sich wieder zu setzen, und langte nach einem Stuhl, den er sich vor eine der Bücherwände rückte. Mit untergeschlagenen Armen saß er da und schaute ausdruckslos vor sich hin. Ein stiller Zeuge.
Maarten räusperte sich.
»Für die *Viceroy*, die *Admirael van der Eijck*, die zwei *Generael Bol* und die *Semper Augustus* hat Vater dieses Haus verpfändet und das Schiff, an dem Onkel Johan beteiligt

und mit dem er unterwegs ist. Ich hab hier die Schuldscheine.«
Hilfe suchend spähte Kim zu Lisa, die ihm gegenübersaß. Die ganze Verrücktheit der Niederländer beim Tulpenhandel schien sich schon in den Namen auszudrücken. *Generäle* und *Admirale*. Wie die wohl aussahen, wenn sie blühten?
»Das heißt, es geht nicht nur um euer, sondern auch um unser Vermögen«, sagte David dumpf und spähte zu Tante Griet hinüber. »Wann sind die Schuldscheine fällig?«
»Bald! Hast du von der *Semper Augustus* gewusst?«, fragte Maarten und sah seinen Cousin anklagend an. »Warum hast du ihn nicht davon abgehalten, sie zu ersteigern? Das ist doch heller Wahnsinn!«
»Ich habe nicht mal gewusst, dass eine angeboten wurde. Ich war nicht dabei.«
»Na, wenigsten sind die anderen noch da. Wir müssen versuchen sie loszuwerden, jetzt, wo die Preise immer noch steigen. Das hat Vater doch auch gewollt. So war's gedacht, sonst ...«
»Sonst?«, fragte Saskia bang.
»Sonst können wir nur versuchen einen Zahlungsaufschub zu erwirken.«
»Darauf würde ich nicht spekulieren«, warf Dr. Tulp ein. »Ihr habt zu wenig Erfahrung. Ihr seid alle noch Kinder.«

»Ich hab's immer wieder gesagt, schon als der Wahnsinn mit dem Tulpenhandel anfing«, begann Griet leise aus ihrem Winkel am Ofen und wurde langsam immer lauter und lauter. »Bleib beim Tee, hab ich Abraham gesagt, der hat dich wohlhabend gemacht, der Handel mit Tee ist anständig und wohlgefällig, aber dieser Tulpenhandel ist gottlos. Alle wollen von einem Tag auf den anderen reich werden, das kann doch gar nicht gut gehen.«

»Gier«, sagte Dr. Tulp spöttisch, »wenn die Gier erst mal geweckt ist, setzt der Verstand aus. Am liebsten würde ich die ganzen Tulpen auf einen Haufen karren und anzünden. Seit jeder Besenbinder glaubt beim Handel mitmischen zu können, ohne von Tuten und Blasen eine Ahnung zu haben, sind sie ein Teufelszeug. Woher soll das ganze Geld kommen, um die Tulpen zu bezahlen? Zehntausend Gulden für eine *Semper Augustus*? Pah!« Er nickte befriedigt, langte nach einer Pfeife aus dem Ständer, kramte einen Tabaksbeutel hervor, stopfte die Pfeife und zündete sie umständlich an. Alle schauten zu.

»Sie mögen keine Tulpen?«, fragte Kim, weil sonst niemand was sagte.

»Früher schon. Noch vor wenigen Jahren hab ich mich wie andere auch an der Schönheit, der Erlesenheit und der Seltenheit dieser Gewächse erfreut. Das war eine Sache unter Kennern, Forschern und begnadeten Züchtern.

Einem kleinen Kreis Auserwählter. Aber dann zogen die Preise an, weil auf einmal zu viele Leute Tulpen haben wollten, es aber zu wenig davon gab. Es dauert ja mindestens sieben Jahre, bis aus einem Samenkörnchen eine blühfähige Zwiebel wird. Schneller geht es mit den Brutzwiebeln, aber mehr als ein oder zwei Tochterzwiebeln bilden sich nicht pro Jahr. Und dann das Züchten neuer Sorten! Sehr langwierig. Und stets mit ungewissem Ausgang. Du erwartest eine kostbare *Gevlamte**, bekommst aber vielleicht nur eine von den schlichten einfarbigen *Couleren***. Ich weiß gar nicht mehr, wann genau dieser vermaledeite Boom einsetzte. Aber auf einmal wurden mir die Tulpen zu jedem Preis aus der Hand gerissen, und wenn ich nicht aufpasste, aus den Beeten gestohlen. Ja, sogar gestohlen! Und ich hatte keine Lust, sie bewachen zu lassen. Jetzt will ich von Tulpen nichts mehr wissen. Ich hab die Nase voll von diesen Geschäften.«
»Sind sie denn alle so irrsinnig wertvoll?«, fragte Dennis. Dr. Tulp nahm die Pfeife aus dem Mund und deutete damit auf ihn. »Das hätten viele Leute gern. Die Spekulanten, all diese *Floristen****, die gestern noch einfache Weber oder Zimmerer gewesen sind und für ein paar Tulpen ihre Webstühle, ihre Sägen und Äxte versetzt haben. Ein Pfund einfacher Tulpen wie die *Witte Croons* kostete vor einem Jahr noch zwanzig Gulden und heute eintausend-

* *Tulpe mit geflammten Blütenblättern*
** *einfarbige Tulpen*
*** *so wurden die Tulpenhändler genannt*

zweihundert. Das ist reiner Wahnsinn. Eintausendzweihundert Gulden für absolut minderwertige Ware! Heute haben wir mehr *Floristen* in der Stadt als Weber oder Schreiner. Die meisten handeln inzwischen mit Schuldscheinen, die das Papier nicht wert sind. Dahinter steckt gar nichts mehr, kein Geld, keine echte Ware, nur leere Versprechungen auf künftigen Gewinn. Das ist Windhandel, daraus kann nur Schlimmes werden. Aber was sag ich denn«, Dr. Tulps Pfeife deutete nun auf Kim. »Ihr seid doch auch wegen des Handels hier. Treibt euch in der übelsten Kneipe herum, in der um Tulpen gefeilscht wird. Wer euch in den Duivelskopp geschickt hat, kann nicht bei Trost gewesen sein.«

»Nein«, entgegnete Lisa rasch, »wir sind nicht wegen Tulpen hier, sondern wegen einer ganz anderen Sache.«

Ungläubig schauten alle sie an, sodass sie langsam errötete. Ihre Lider mit den langen, gebogenen Wimpern flatterten, als sie verlegen den Blick senkte. Schmerzlich berührt stellte Kim fest, dass sie von all den Mädchen hier am Tisch das bei Weitem hübscheste war.

»Nur würde ich schon gern wissen, wie eine *Viceroy* oder eine *Semper Augustus* aussieht. Schade, dass man noch so lange warten muss, bis sie blühen«, fügte sie mit einem verhaltenen Lächeln und einem betörenden Augenaufschlag hinzu.

»Du musst nicht warten«, sagte David überraschend und machte Anstalten, sich zu erheben, »ich zeig sie dir.«
»Bleib sitzen, ich hol das Buch!«, wies ihn Maarten scharf zurecht. Da war wieder die Abneigung zwischen den beiden spürbar. Aber Kim erkannte noch etwas anderes, als er bemerkte, wie David Lisa ansah. Eindeutig sehnsüchtig. In kürzester Zeit war er ihrem Charme restlos verfallen. Der arme Kerl hatte aber gegen Maarten gar keine Chance. Genau wie Kim. Jetzt waren sie bereits zu zweit.
Maarten hatte ein großes Buch aus einem der Regale gezogen und legte es Lisa vor. Langsam schlug er es auf. Es enthielt Abbildungen von Tulpen. Er blätterte immer weiter. Noch mehr Tulpen. Lisas Zunge fuhr über ihre Lippen, sie seufzte vor Entzücken. Kim stand auf und ging um den Tisch herum, um besser in das Buch schauen zu können. Na ja, sie waren recht hübsch, diese Tulpen.
»Sind die alle gemalt?«, hauchte Lisa. »Ich meine, richtig mit der Hand? Ein Buch voller Tulpenaquarelle?«
»Das ist ein Katalog, Mädchen«, stieß Dr. Tulp herablassend aus. »Sag bloß, du hast noch keinen Tulpenkatalog gesehen?«
Lisa sah den Doktor leicht verwirrt mit einem süßen Lächeln an. »Nicht so einen.«
Dr. Tulp legte seine Pfeife beiseite, erhob sich und trat ebenfalls an den Tisch heran.

»Es ist ein sehr guter Katalog. Abraham hat einen der umfassendsten und wertvollsten, das muss ich schon zugeben.« Andächtig strich der Doktor über eine der Abbildungen. Sie zeigte eine weißgrundige Tulpe mit gefiederten lilafarbenen Flammenzungen auf den Blütenblättern. »Das ist eine *Admirael de …*«

Kim hörte weg. Erst als der Name *Viceroy* fiel, wurde er wieder aufmerksamer. Auch die *Viceroy*, die zweitteuerste, war eine weißgrundige, lilafarben geflammte Tulpe. Und endlich hatte Dr. Tulp bis zur wichtigsten von allen geblättert: der *Semper Augustus*. Eine rot geflammte, rot auf weißem Grund, eine *Roos*, wie Dr. Tulp nebenbei erwähnte.

Er gab noch eine ganze Menge Fachbegriffe von sich, während Kim die Tulpe aller Tulpen betrachtete, die Blume, die so viel wert war wie ein stattliches Herrenhaus. Er hätte nicht sagen können, ob es die allerschönste war.

»Tolle Sache, so ein Katalog«, murmelte Dennis beeindruckt. »Ich glaube, den hätte ich noch lieber als die richtigen Tulpen.«

»Wenn du beides hast, kannst du Handel treiben«, sagte David bedeutungsvoll.

»Na, schön. Ich hab also ein paar braune Zwiebeln, denen niemand ansieht, zu welcher Sorte sie gehören, behaupte aber, dass es sich um ganz seltene *Generaels* oder

Admiraels van de Dingsbums handelt, zeig den Leuten die passende Abbildung und kassier für die Zwiebeln einen Sack voll Gulden. Und so was funktioniert? Wie?«

»Mit Ehrlichkeit und Vertrauen«, sagte David mit Nachdruck. »Betrügen kannst du nur einmal.« Er sah Kim von der Seite an. »Und ihr habt wirklich keine Tulpenzwiebeln mitgebracht?«

»Kinder«, mischte sich Dr. Tulp wieder ein. »Was wollt ihr denn jetzt machen? Ihr sitzt doch hier, um zu beraten, wie sich die Katastrophe abwenden lässt. Ich rate euch nur eins: Verkauft die Tulpen, die ihr noch habt, so schnell wie möglich und zu jedem Preis, den man euch dafür bietet. Es wird nicht ewig so weitergehen mit dem Handel.«

Unwillig schüttelte Maarten den Kopf. »Wenn wir das machen, sind wir ohne die *Semper Augustus* auf alle Fälle ruiniert. Wir müssen warten, bis die Preise wieder gestiegen sind. Das heißt, sie müssten sich verdoppeln. Nur dann haben wir eine Chance, wenigstens das Haus zu behalten.« Es klang nicht sehr zuversichtlich.

»Was passiert, wenn ihr doch ruiniert seid?«, erkundigte sich Kim leise bei David.

Der Junge verdrehte die Augen und es sah zuerst nicht so aus, als wollte er antworten. »Wenn alles schiefgeht?«, fragte er dann nach.

»Was meinst du mit ›alles‹?«, erkundigte sich Kim.
»Ich kann nur für mich und meine Brüder und Schwestern sprechen. Ihr habt das ja mitbekommen: Mein Vater und Onkel Abraham haben zusammen ein Schiff, mit dem sie Tee importieren. Das Schiff, mit dem meine Eltern unterwegs sind. Vater sollte sich nach neuen, günstigeren Teeanbietern in China umsehen und ordentlich einkaufen, damit wir noch mehr Profit machen. Er hat so gut wie alles Geld dabei, das er und Abraham zusammengekratzt haben.«
»Deine Mutter ist mit auf dem Schiff?«, fragte Kim verwundert. Er musste an seine eigene Mutter denken und daran, wie sehr er sie vermisste. Manchmal schien es ihm, als wollte sein Vater jetzt doch in Shanghai bleiben, weil dort die Erinnerungen an sie am lebendigsten waren. Und das galt auch für Kim. Gerade deshalb wünschte er sich so sehr zurückzukehren. Er kam sich verlassen vor, genau wie David und seine Geschwister.
»Vater ging es nicht gut. So ist Mutter mit auf die Reise gegangen, um ihn zu pflegen«, antwortete David widerwillig. Bestimmt meinte er, dass diese Dinge Kim nichts angingen.
»Und jetzt habt ihr Angst um beide.«
»Um sie, das Schiff und unsere Zukunft«, erklärte David düster. »Falls das Schiff mit meinen Eltern und der La-

dung sinkt und der Schuldschein, den Onkel Abraham für die Tulpen darauf ausgestellt hat, nicht eingelöst werden kann, haben nicht nur wir, sondern auch Onkel Abraham sein gesamtes Vermögen verloren: sein Haus, den Teehandel, das Schiff – einfach alles! Für uns bedeutet das: Er kann sich nicht mehr um uns kümmern und ich lande mit meinen Geschwistern im Waisenhaus oder wir fünf werden auf andere Verwandte verteilt. Wir werden auseinandergerissen und ich muss mich nach einer Arbeit umsehen. Entweder als Stiefelputzer, Lastenträger oder Matrose – egal was, Hauptsache, ich verdiene ein paar Gulden. Onkel Abraham wird sich nach einer billigen Bleibe umsehen müssen, vielleicht im Jordaan-Viertel, wo er mit seiner Familie unterkriechen kann. Willst du noch mehr hören?«

Kim dachte daran, wie wohl er sich in der Runde beim Mittagessen gefühlt hatte, in dieser großen fröhlichen Familie. Ohne es zu wollen – es war ja schließlich nicht seine Familie –, spürte er heftiges Mitleid.

»Und es gibt keine Chance, das Unglück abzuwenden?«

David stand auf. »Ich kann nur eins machen, und das tu ich jetzt: mich umhören, wo Tulpenauktionen laufen und wie die Preise stehen.«

»Könnte ich dich begleiten? Und führt dein Weg auch in den Duivelskopp?«

Der Blick, mit dem David ihn musterte, war alles andere als freundlich. »Wie war das noch mal? Ihr habt mit Tulpen nichts am Hut? Nur seltsam, dass es dich ausgerechnet in die Kaschemme zieht, in der die heißesten Auktionen laufen. Warum sollte ich dich mitnehmen? Damit du herausfinden kannst, wie du uns am besten Konkurrenz machst? Hältst du mich für blöd?«

Ja, hätte Kim am liebsten geantwortet, du begreifst nicht, dass es Leute gibt, die sich tatsächlich nicht für eure dämlichen Tulpen interessieren. Wenn sich David weigerte, blieb nur die Hoffnung, dass Dennis zum Duivelskopp zurückfand. Aber sicher war es besser, in der Gesellschaft eines waschechten Amsterdamers dort aufzukreuzen, der zudem der Neffe von Abraham van de Bos war und sich in Kneipen wahrscheinlich gut auskannte.

»Worum geht es?« Lisa war aufmerksam geworden.

»Darum, dass David sich weigert mich in den Duivelskopp mitzunehmen.«

»Wirklich?«, fragte Lisa mit zitternder Stimme und sah David ungläubig an.

Unbehaglich kniff dieser die Lippen zusammen und versuchte Lisas Blick auszuweichen, aber dann verfing er sich doch in ihm. Einen Moment arbeitete es mächtig in seinem Gesicht, Misstrauen und Abwehr stritten sich mit den Gefühlen, die er für Lisa empfand.

»Bitte«, flehte sie weich, »es ist so wichtig für uns. Wir haben dort etwas verloren, das wir unbedingt zurückhaben müssen.«
»Ich kann mich ja danach erkundigen«, wandte David steif ein. Er war wirklich ein harter Brocken.
»Dann werde ich Maarten fragen, ob er mit mir …« Lisa wusste genau, an welcher Schraube sie drehen musste.
»Na schön«, lenkte David hastig ein und wandte sich an Kim, »dann lass mich mal sehen, was du im Duivelskopp verloren hast.«
Dennis schloss sich ihnen an. Aber falls David angenommen hatte, dass auch Lisa mitkäme, sah er sich getäuscht. Lisa blieb mit Willie bei Maarten, denn sie wollte ihren Hund nicht in verräucherte Kneipen mitnehmen, erklärte sie seelenruhig.
David sah aus, als fühlte er sich hinters Licht geführt, und Kim fragte sich, wie er mit so einem Miesepeter zurechtkommen sollte. Hilfe würde von ihm nicht zu erwarten sein, das stand fest.
Draußen schaute sich David wieder um, als suchte er erneut nach der kostbaren *Semper Augustus*.
»Ich glaube, sie ist in den Kanal gefallen«, sagte Kim gleichmütig.
»Du meinst, in die Gracht. Nein, ganz bestimmt nicht«, sagte David abweisend.

»Warum bist du so sicher?«, fragte Kim hartnäckig nach.
»Auf dem Eis wäre sie liegen geblieben. Dort hab ich zuerst nachgesehen.«
Kim trat näher ans Ufer. »Auf dem Eis?«
Ungeduldig winkte ihn David weiter. »Die Gracht ist seit vier Tagen zugefroren. Hast du das nicht bemerkt?«
Inzwischen fiel die Februarsonne bereits in einem recht spitzen Winkel auf das Wasser – gefrorenes Wasser, Eis! Kim hätte sich das gern genauer angeschaut, aber dafür blieb keine Zeit. Schaudernd vor Kälte rannte er den beiden anderen nach.

Zurück im Duivelskopp

Dennis unterhielt sich die ganze Zeit mit David, während Kim auf ihre Umgebung achtete und versuchte sich den Weg einzuprägen. Eigentlich wäre das Dennis' Aufgabe gewesen, denn er hatte große Begabung dafür, sich überall zurechtzufinden. Leicht verärgert lauschte Kim der Unterhaltung, die etwas schleppend verlief. Davids Laune wollte sich nicht bessern. Und er gehörte zu jenen, denen man alles mühsam aus der Nase ziehen musste.

Trotzdem erfuhren sie, dass die Tulpen auf Auktionen verkauft wurden, die vorzugsweise in Gasthäusern stattfanden.

Gegner des Tulpenbooms nannten diejenigen, die sich in den Kneipen um die Zwiebeln gegenseitig überboten, *Kappisten* – Narrenkappen. Aber den paar Mahnern, Spöttern und Schwarzsehern stand ein ungeheures Heer von Begeisterten gegenüber. Mittlerweile handelte anscheinend jede Hausfrau mit Tulpen, auch diejenigen, die noch nie eine blühende gesehen hatten. Niederländer, gab David zu, liebten die Herausforderung, die der Tulpenhandel bot, die ungeheuren Gewinne, die in kürzester Zeit erzielt werden konnten. Das war noch besser als das beliebte Wetten um alles und jedes.

»Wetten, dass wir mindestens noch drei oder vier von den *Floristen* im Löwen antreffen, obwohl die Auktion für heute längst vorbei ist?«, fragte er mit einem schiefen Grinsen.

Wetten, dass mir das scheißegal ist?, dachte Kim gleichmütig, den all diese Erklärungen längst nicht so interessierten wie Dennis.

»Wenn ihr alle so reich geworden seid, warum tragt ihr dann so tristes Zeug?«, fragte Dennis und zupfte an seinem schwarzen Rock herum.

David schlug sich stolz auf die Brust. »Weil wir Protestanten sind. Wir verachten den Luxus und wir stellen unseren Reichtum nicht öffentlich zur Schau. Wir leben bescheiden und gottgefällig.«

Kim dachte an die kostbaren Teppiche, die zahlreichen Gemälde und das üppige Essen in Abrahams Haus. Da gab es ja wohl eine Menge *mao dun* – Widersprüche –, die ihn amüsierten.

Das war fast wie in China, da waren Widersprüche aller Art alltäglich, darüber regte sich niemand auf.

Dennis kam damit nicht so gut klar. »Ihr lebt bescheiden?«, fragte er ungläubig. »Wie lebt es sich denn hier unbescheiden?«
»Und so gottgefällig kommt mir der Tulpenhandel auch nicht vor«, warf Kim spöttisch ein. Wie er wusste, stand er mit seiner Meinung nicht allein da. Tante Griet und Dr. Tulp hielten den Tulpenhandel für Teufelswerk. Nur dass Dr. Tulp insgeheim immer noch ein Tulpenverehrer war, obwohl er das wahrscheinlich energisch abgestritten hätte. Wieder so ein Widerspruch.
David sagte eine Weile gar nichts mehr, sie hatten ihn wohl beleidigt.
Obwohl Kim es sehr gehofft hatte, suchten sie nicht als Erstes den Duivelskopp auf, sondern einige Gasthäuser, die direkt im Zentrum lagen. Der Löwe war ein gediegenes Haus, das schon von außen signalisierte, dass hier die besseren Leute verkehrten. Er befand sich gegenüber einem prächtigen Gebäude, der neuen Börse, wie David widerwillig nach Dennis' beharrlichem Nachfragen erklärte. In der Börse wurden mit allen möglichen Gütern wie Tee, Korn oder Holz im großen Stil Geschäfte gemacht.
»Und Tulpen?«, fragte Dennis. »Was ist mit Tulpen?«
»Mit Tulpen wird an der Börse nicht gehandelt«, musste David zugeben.
»Warum nicht?«

Unbehaglich zuckte David die Schultern, anscheinend gab er zu dieser Frage besonders ungern Auskunft. »Na ja, Tulpenhandel gilt für die Börse als nicht seriös genug. Zu unberechenbar. Dauernd kommen neue Sorten auf den Markt und kein Mensch weiß, welchen Preis die erzielen werden und wie viel die anderen dann noch wert sind.«

»Das heißt, die Tulpen werden nur in Kneipen gehandelt?«, bohrte Dennis hartnäckig nach, erhielt aber keine Antwort.

Kim verkniff sich ein Grinsen. Die Tulpen waren als Handelsware für die Börse also nicht gut genug. Irgendwie gefiel ihm das. Er hatte ja von Anfang an gedacht, dass viel zu viel Wind um diese Zwiebeln gemacht wurde, angefangen bei Tante Betty und ihrem Geschrei um die eine, die er aufgespießt hatte.

Das Gebäude vor ihnen zeigte sehr überzeugend, dass Amsterdam mit Handel reich geworden war und dass die richtig erfolgreichen Kaufleute nicht so dumm waren, ihre Hoffnung auf *Zwiebeln* zu setzen!

David überquerte die Straße vor der Börse und öffnete die Tür zum Löwen. Rauch schlug ihnen entgegen. Einige in strenges Schwarz gekleidete Herren saßen an einem Kamin, in dem ein blau angehauchtes Feuer brannte. Beunruhigt äugte Kim dorthin, aber da er sich an die Erklärung über den Torf als Brennmaterial erinnerte, wagte er sich

hinter David hinein. Die Herren schmauchten Pfeifen, die bis zum Boden reichten. Pfeife rauchen war offensichtlich auch eine Leidenschaft der Niederländer. Kurz bevor sie die Gaststube betraten, hatte ihnen David mürrisch erklärt, dass er das Reden übernehmen würde und sie sich auf keinen Fall einzumischen hatten. Das hatte Kim auch gar nicht vor.
Die Männer am Kamin wollten sich zuerst nicht auf ein Gespräch einlassen. Nein, sagten sie, von Tulpenauktionen wüssten sie nichts, davon hätten sie noch nie etwas gehört.
»Das ist euretwegen«, zischte David Kim und Dennis zu. »Ich bin David van de Bos«, sagte er laut in die Runde, »der Neffe von Abraham van de Bos.« Er deutete mit dem Kopf auf einen der Männer, der einen besonders spitzen Hut trug. »Sie haben doch vor zwei Wochen die *Generael van Gouda* ersteigert. Ich war dabei. Für zweitausend, wenn ich mich nicht irre. Zweitausend für eine *Generael van Gouda*. Ein guter Preis.«
»Für den Käufer oder den Verkäufer?« Einer der Männer hatte die Pfeife abgesetzt und lachte geringschätzig. »Junge, geh mit deinen Freunden nach Hause. Ich weiß nicht, was ihr hier wollt. Eine Gastwirtschaft ist doch kein Ort für euch.«
Was meinte der Mann nur?

An einem der blank gescheuerten Tische saß eine Frau mit zwei Kindern. Platten mit Brot und Käse standen vor ihnen und ein großer Humpen. Eine andere Frau trat in diesem Augenblick von draußen herein und setzte sich mit größter Selbstverständlichkeit dazu. Die Anwesenheit von Frauen und Kindern war anscheinend normal in diesem Wirtshaus. Oder waren Kinder ohne Begleitung hier unerwünscht?

Vielleicht wollte sie der Mann bloß verunsichern.

»Für uns ebenso gut wie für all die anderen hier, ich brauch mich doch nur umzuschauen«, sagte David gelassen. »Wann findet die nächste Auktion statt?«

Einer der Männer legte den Kopf schräg und stieß seinen Nachbarn mit dem Ellbogen an. »Du gibst nicht so leicht auf, nicht wahr? Was hast du denn zu bieten?«

»Nichts«, mischte sich Kim ein. »Wir wollen kaufen. Und zwar nur das Beste.«

Der Mann zwinkerte belustigt. »Sieh einer an. Er will das Beste. Na, was das Beste im Tulpenhandel ist, wissen doch alle. Wie viel bietest du denn für eine *Semper Augustus*?«

David stand der Mund offen. Dennis begann zu husten.

»Wie viel wollen Sie haben?«, fragte Kim ganz kühl.

Das Lachen schüttelte die Männer so, dass zwei von ihnen die Pfeifen aus der Hand fielen. Asche verteilte sich auf dem gefliesten Boden.

Energisch zog David Kim ein paar Schritte zurück und funkelte ihn wütend an. »Hör auf uns lächerlich zu machen. Du verstehst überhaupt nichts.«
»*Du* verstehst nichts!« Kim packte David vorn an seinem dunklen Wams. »Ich denke, wir suchen nach eurer *Semper Augustus*. Da sie nicht vor eurem Haus lag, muss sie jemand mitgenommen haben. Ist dir das nicht klar?« Der Gedanke war ihm selbst gerade erst gekommen. Die Zwiebel hatte sich schließlich nicht in Luft aufgelöst. Und da alle Welt in Amsterdam scharf auf Tulpen war, gab es nur diese eine Erklärung für das Verschwinden. Kim war geradezu stolz auf seine Schlussfolgerung.
»Du bist ein Trottel«, sagte David verächtlich, »wie soll jemand an einer Zwiebel, die er auf der Straße gefunden hat, erkennen, dass er eine *Semper Augustus* in der Hand hält?«
»Wo er recht hat, hat er recht«, sagte Dennis gedehnt.
Die Männer waren an einer Fortführung des Gesprächs nicht interessiert und riefen den Wirt, der sie ohne Umstände vor die Tür setzte. In zwei weiteren Gasthäusern bekamen sie nur vage Auskünfte über die nächsten Auktionstermine, und auch als David andeutete, dass sie besondere Ware zu bieten hatten, erntete er nicht sehr viel Aufmerksamkeit. Am Ende sprach er sogar von der *Viceroy*. Nachlässig bot ihm ein Mann zweitausend Gulden

und behauptete, dass auf einer Auktion auch nicht mehr dafür heraussprränge.
»Zweitausend nur!« David stöhnte gequält auf. »Onkel Abraham hat dreitausend Gulden dafür bezahlt und eigentlich müssten sich die *Floristen* auf so ein Angebot stürzen. Etwas Seltsames geht hier vor, und ich versteh nicht, was. Es ist richtig unheimlich.« Verzweiflung und Ratlosigkeit zeigten sich auf seinem Gesicht und machten ihn Kim unverhofft ein wenig sympathisch. Er rief sich ins Gedächtnis, dass David für die Zukunft seiner Familie kämpfte. Und es sah so aus, als stünde er auf verlorenem Posten. Bevor ihn aber das Mitleid übermannte, verlangte Kim, dass sie endlich den Duivelskopp aufsuchten. David wollte eigentlich sofort nach Hause zurückkehren, um den anderen die beunruhigenden Neuigkeiten mitzuteilen.
Sie überquerten drei Grachten, die erst vor ein paar Jahren im Zuge der letzten Stadterweiterung angelegt worden waren und ringförmig die Innenstadt umzogen. Die vornehmste dieser neuen Grachten war die Herengracht, an der Abraham mit seiner Familie wohnte, danach kam die Keizers- und anschließend die Prinsengracht. Danach änderte sich das Stadtbild deutlich. Es gab keine prächtigen Häuser mehr. Sie hatten Jordaan erreicht, das Viertel der kleinen Handwerker, der Maler und der armen

Leute. Die meisten Häuser hatten an der Vorderfront nur zwei Fenster und die ganz schmalen gar nur ein einziges neben der Tür. Diese Häuser konnten höchstens zwei Meter breit sein, aber alle wiesen mindestens drei Stockwerke auf.

»Scheibenhäuser«, sagte Kim verwundert.

»Ob ich in so eins überhaupt reinpasse?«, fragte Dennis skeptisch und wandte sich an Kim. »Hier werden die Steuern nach der Hausbreite festgelegt. Maarten hat mir das erzählt. Kannst du dir so was vorstellen?«

David grinste überraschend. »Aber das ist doch überall so. Ich frag mich, wo ihr bloß herkommt. Aus Haarlem bestimmt nicht.«

Kim mahnte Dennis mit einem Blick zur Vorsicht. Sie mussten bei dem, was sie von sich gaben, viel besser aufpassen.

Der Duivelskopp lag mitten in Jordaan, an einer schmalen, dunklen Gracht. Ein schäbiges Haus, schon von außen. Von den Fensterrahmen blätterte die Farbe, und die zwei Stufen zum Eingang waren von Vögeln so zugekackt, dass man nicht wusste, wohin man treten sollte.

Diesmal erschreckte Kim das Torffeuer nicht mehr, obwohl auch hier bläuliche Flammen daraus emporzüngelten. Die hatte er auf ihrem Kneipenrundgang inzwischen oft genug gesehen. Trotzdem befiel ihn ein unangenehmes Gefühl, als die Tür der Kaschemme hinter ihnen zuschlug. Hier war er schließlich niedergeschlagen worden. Die Erinnerung ließ die Beule an seinem Hinterkopf sogleich wieder heftiger schmerzen. Sie war ja doch noch recht frisch, aber für Augenblicke hatte er sie in den letzten zwei Stunden vergessen. Was für Leute verkehrten in diesem Haus?, fragte er sich besorgt. Die Herren in den anderen Kneipen hatten einen recht anständigen Eindruck gemacht. Auf solche würden sie hier vermutlich nicht treffen.

Dennis fuhr zusammen und knuffte Kim in die Seite.

»Der da!« Aufgeregt wies er mit dem Finger auf einen Mann am Kamin. »Das ist der, der dich niedergeschlagen hat. Lass uns bloß abhauen.«

»Nein!« Kim hielt Dennis, der auf dem Absatz kehrtmachte, am Ärmel fest. Der Mann war inzwischen ebenfalls aufmerksam geworden und stand langsam auf. Erstaunlicherweise feixte er breit.

»Schon wieder da? Und munter und wohlauf, wie ich sehe. Das muss mit einem Bier gefeiert werden.« Die kalten Augen des Mannes straften seine Freundlichkeit Lügen.

Bevor Kim etwas sagen konnte, trat David einen winzigen Schritt vor. »Ich bin David van de Bos, der Neffe von Abraham van de Bos. Die beiden hier sind Gäste in unserem Haus«, erklärte er schwerfällig.

»Dagegen ist nichts einzuwenden«, sagte der Mann leutselig, jedoch gleichzeitig mit einem Anflug von Spott. »Henrik de Hooge, *Florist.* Kommt ans Feuer, ihr drei. Mögt ihr eine Pfeife Tabak?«

»Dieses Stinkzeug?«, fragte Dennis laut. »Nein danke, wir wollen uns die Lungen nicht noch mehr verpesten, hier ist schon Rauch genug in der Luft.«

Es stimmte. Kim hatte zwar nur eine ganz undeutliche Erinnerung an sein unglückliches erstes Erscheinen in diesem Gasthaus, und es war auch nicht derselbe Raum, in den sie sich nun vorwagten, aber der Qualm hing auch hier teerig und dick wie Suppe über den Köpfen der Anwesenden.

De Hooge hatte blasse, vorquellende Augen, die unruhig zwischen ihnen hin- und herflitzten, und sein Blick wich sofort aus, wenn Kim versuchte ihn zu fassen.

»Na, na, ihr werdet schon noch auf den Geschmack kommen.«

»Glaub ich wirklich nicht«, wehrte Dennis ab.

Vom Wirt war nichts zu sehen. In der Gaststube waren außer ihnen nur die drei Männer am Kamin anwesend.

»Tabak ist gut gegen mancherlei Zipperlein wie Zahnweh und Würmer, und er schützt vor Seuchen, das sagt euch jeder Arzt.« De Hooge nahm einen tiefen Zug aus seiner Tonpfeife und stieß eine Qualmwolke aus. »Eure Waffen

legt mal da auf den Tisch neben der Tür«, setzte er beiläufig hinzu.
Die Deckenbalken und die Wände waren vom Rauch beinahe schwarz gebeizt, und durch die winzigen Scheiben der zwei Fenster drang kaum Licht herein, weil sie vor Schmutz starrten. Auf dem Fußboden aus abgetretenen Steinplatten lagen abgenagte Knöchelchen, Brotrinden und andere Essensreste und mischten sich mit Dreck von der Straße. So eine Spelunke mit Waffen im Gürtel zu betreten war wahrscheinlich nur eine gesunde Vorsichtsmaßnahme.
»Wo ist denn der Wirt?«, fragte David und versuchte an de Hooge vorbeizukommen, der ihm aber in den Weg trat.
»Ich sagte, legt die Waffen auf den Tisch!«, wiederholte er nachdrücklich. Jetzt zeigte er nicht einmal mehr einen Anflug von Freundlichkeit. Hinten am Kamin hatte sich ein zweiter Mann erhoben und griff nach einem Schürhaken.
»Wenn wir welche dabeihätten, gern«, sagte Kim nachlässig und öffnete seinen schwarzen Rock, um zu zeigen, dass er weder eine Pistole noch ein Messer im Gürtel trug. »Und wenn ich mich recht erinnere, haben doch *Sie* mich und nicht *ich* Sie niedergeschlagen. Was mich darauf bringt zu fragen, warum Sie das getan haben.«

De Hooge kratzte sich mit der Pfeife am Kinn. »Seid ihr wegen dieser Sache zurückgekommen? Tja weißt du, du bist ein bisschen zu plötzlich aufgetaucht. Du und die beiden anderen. Stimmt das nicht?« Er drehte sich, Zustimmung heischend, zu seinen beiden Kumpanen um. »Das ist nicht höflich, Männer bei ihren Geschäften zu unterbrechen.«
»Ich find's viel unhöflicher, einem einen Bierkrug über den Kopf zu hauen«, sagte Dennis und schaute de Hooge unschuldig an.
»Sie hatten was von einladen gesagt«, warf Kim ein, der diese Diskussion inzwischen leid war. Nur aus einem Grund gaben sie sich mit dem schmierigen de Hooge ab: Sie wollten herausfinden, was aus Großvater Kaos Uhr geworden war, nur das war wichtig. Neben dem Kamin hing hoch oben an der Wand eine kleine Uhr. Unerbittlich schwang ihr langes Pendel hin und her. Hin und her. Unverhofft überkam Kim Panik, während er auf das Zifferblatt starrte. Seit Stunden waren sie nun schon in Amsterdam, die Zeit zerrann ihnen zwischen den Fingern. Er zuckte zusammen, als er eine Hand auf seiner Schulter spürte. Es war aber nur Dennis, der ebenfalls die Uhr anstarrte und leise aufstöhnte. Daran merkte Kim, dass ihre Gedanken die gleiche Richtung eingeschlagen hatten.

»Wo ist das Hinterzimmer? Und dieser kleine Raum, in dem wir angekommen sind? Geh voran, wenn du den Weg weißt«, flüsterte er Dennis zu. Laut sagte er: »Wir holen den Wirt.«

»Nicht nötig«, sagte David großspurig. Er hieb mit der Faust auf den nächsten Tisch und schrie: »Wirt!«

Der Wirt des Duivelkopps war klein, dick und schmutzig. Sein fleckiges Wams passte hervorragend zu seinem Gasthaus.

Als er hereinwatschelte, wischte er sich geschäftig braunen Schaum vom Mund. Anscheinend hatte er selbst gerade einen Humpen von seinem Bier geleert.

»Ihr schon wieder!«, blaffte er, als er Kim und Dennis erkannte, und schaute hastig zur Tür, um zu sehen, ob sie noch jemanden mitgebracht hatten. »Ich zahl kein Schmerzensgeld, das hab ich Abraham van de Bos heute Mittag bereits gesagt, als er noch mal reinkam. Für das Benehmen meiner Gäste bin ich nicht verantwortlich. Haltet euch an den da.« Er wies auf de Hooge.

»Wir sind nur hier, weil wir was vergessen haben«, erklärte Kim rasch. »Einen kleinen Holzkasten. Haben Sie ihn gefunden? Er ist etwa so groß und achteckig.« Mit den Händen deutete er die Größe an, während er das Gesicht des Wirts beobachtete.

Alles, was es zeigte, war blankes Unverständnis.

Bevor der Wirt antworten konnte, mischte sich de Hooge ein. »Einen Kasten mit Ware? Ihr habt eure Tulpen vergessen? Ihr wolltet sie hier anbieten, nehme ich an. Allerdings habt ihr das Tulpengeschäft völlig falsch angefangen. Wer hat euch bloß beraten?«, rief er theatralisch. »Ihr müsst jetzt *kaufen*, nicht *ver*kaufen, das sag ich euch ganz im Vertrauen, sozusagen als Wiedergutmachung. Kommt, setzt euch endlich zu uns.« Er zog Kim am Ärmel zum Kamin und redete weiter auf ihn ein. »Haltet alles fest, was ihr noch habt, und kauft dazu, was ihr könnt. Hast du verstanden? Ihr habt doch hoffentlich auch Bargeld dabei.«
Hilfe suchend drehte sich Kim zu David um. De Hooge schien ein bisschen übergeschnappt.
»Jetzt kommen schon die Kinder, um zu handeln, das ist verrückt«, sagte der Wirt und schüttelte angewidert den Kopf.
»In einer Woche werden sich die Preise wieder verdoppelt haben. Deshalb noch einmal mein Rat: Kauft, was ihr kaufen könnt«, sagte de Hooge beschwörend. »Dirk, was meinst du?«, wandte er sich an einen der Männer am Kamin. »Können wir nicht für den Jungen etwas abzweigen? Ein Pfund von den *Boterman*? Oder«, de Hooges Stimme sank zu einem Flüstern herab, »vielleicht, vielleicht hätten wir auch eine *Pottebakker* anzubieten.« Er stupste David Freundschaft heuchelnd an. »Sag das deinem Onkel.

Eine *gevlamte Pottebakker*, damit er sieht, dass uns die Sache mit dem Bierkrug leidtut. Das war nur ein Versehen.«

»Die *Botermans* sind purer Schiet«, sagte David düster, »mit *gemeene goed** handelt Onkel Abraham schon seit einem Jahr nicht mehr und damit fängt er auch nicht wieder an. Keiner von uns. Was ist mit dem Holzkasten?«, fragte er Kim argwöhnisch. »Davon hast du zu Hause nichts erzählt.«

Bestimmt nahm auch David an, dass in dem Kasten Tulpenzwiebeln steckten. Auch er konnte offensichtlich an nichts anderes mehr denken. Eine richtige Wut auf diese Tulpen regte sich in Kim.

»Wir wollen bloß unseren Kasten zurückhaben. Ist das so schwer zu verstehen? Haben Sie ihn nun gefunden oder nicht?«, fragte er den Wirt nochmals eindringlich.

»Hab ich hier ein Lager für Fundsachen?«, murrte der Wirt. »Wenn ihr nichts trinken oder essen wollt, schert euch raus. Kinder wie ihr haben bei mir ohnehin nichts zu suchen.«

»Es hat keinen Zweck«, sagte Dennis tief enttäuscht.

Die Gaststube war ein Raum, der die ganze Hausbreite einnahm und sich lang nach hinten erstreckte. Neben dem Kamin, der mit seiner Esse weit in die Schankstube hineinragte, gab es rechts und links je eine große Tür und auf einer Seite noch eine kleine, niedrigere. Viel-

* *Billigware, die nur pfundweise verkauft wird*

leicht war das die richtige. Kim ging darauf zu, fest entschlossen den Duivelskopp nicht eher zu verlassen, bis er das Hinterzimmer und den Vor- oder Lagerraum selbst durchsucht hatte. Bevor ihm jemand in die Quere kommen konnte, war er durch die kleine Tür geschlüpft. Dahinter lag ein kurzer, gewölbter Gang, der in eine kleine dunkle Kammer führte. Hier war Kim bestimmt nicht richtig. Hastig ging er hinaus und probierte eine andere Tür, die vom Gang abging. Zuerst geriet er in einen weiteren Flur und schließlich in die Küche. Das Haus glich einem Kaninchenbau und roch außerdem unbeschreiblich schlecht. Der Gestank legte sich wie Blei auf seine Lunge. In der Küche stand eine alte Frau am Herd und rührte in einem Topf, aus dem es durchdringend nach Kohl roch.

Kim hielt den Atem an.

Die Küche war noch erheblich schmutziger als die Gaststube vorn. Faulige Gemüsereste und zwei abgeschlagene, blutige Hühnerköpfe lagen direkt vor Kims Füßen, beinahe wäre er draufgetreten. Eine dicke, fette Ratte huschte davon.

Mit einem großen Schritt setzte er über den Dreck hinweg, murmelte schaudernd eine Entschuldigung, auf die die Frau aber nicht reagierte, und hastete weiter. Noch eine Tür. Dahinter war es eng und dunkel, er tastete weiter und dann gelangte er endlich dorthin, wohin er wollte: ins Hinterzimmer.

Als Erstes sah Kim nur ein emporgerecktes Hinterteil.

»Du hättest besser die andere Tür nehmen sollen«, sagte Dennis und richtete sich so weit auf, dass er auf den Fersen hockte. »Aber es ist sowieso egal. Der Kasten ist nicht mehr hier.«

»Was war denn nun in dem Kasten?« David stand in der Tür, die zur Gaststube führen musste.

Kim entschloss sich die Wahrheit zu sagen. »Eine Uhr.«

»Hab ich mir fast gedacht«, sagte David ausdruckslos.

»Von Uhren verstehst du nichts, du Tulpenkönig«, entgegnete Dennis ruhig und stand auf. »Von dieser schon gar nicht.«

»Und ihr seid ganz zufällig mit dieser Uhr in den Duivelskopp gekommen, wo die heißesten Tulpenauktionen stattfinden. Die, bei denen du genau wissen musst, mit wem du es zu tun hast, weil du hier schneller und gründlicher übers Ohr gehauen werden kannst als irgendwo anders. Aber wo auch die höchsten Preise gezahlt werden. Und ihr habt überhaupt keine Ahnung vom Tulpenhandel, nicht wahr?«

»So ist es«, sagte Dennis fest und klopfte sich den Staub von den Knien. »Wär großartig, wenn du's endlich kapiertest.«

Sie sahen David an, dass er ihnen kein Wort glaubte.

Es gab keinen Platz in diesem Raum, an dem ein kleiner Kasten längere Zeit unbemerkt stehen bleiben konnte, das sah Kim nur zu bald ein. In zwei Minuten war das spärlich möblierte Zimmer durchsucht und das hatte Dennis offensichtlich schon vor ihm erledigt. Vor dem Kamin standen drei alte Lehnstühle und ein ramponierter Tisch, das war alles.

Enttäuscht riss Kim die Tür zu der engen, dunklen Kammer wieder auf. Hier waren sie nach der Reise mit der Uhr angekommen, war ihm gerade klar geworden. In dem Schummerlicht, das hereinfiel, überflog er mit den Augen ein Regal mit großen Krügen, zwischen denen sich jedoch auch kein Kasten verbarg. Es war hoffnungslos. Großvater Kaos Uhr war verschwunden und damit konnten sie die Hoffnung auf eine Rückkehr begraben. Sie waren in der Vergangenheit gestrandet. Kim spürte, wie sich sein Bauch zusammenkrampfte und ein schaler Geschmack seinen Mund füllte. Dennis sah elend aus, er zwinkerte, als müsste er Tränen zurückdrängen.

»Na ja«, sagte er mit zittriger Stimme. »Vielleicht lebt es sich auf Dauer ja gar nicht so schlecht hier.«

De Hooge kam hereingeschlendert, einen vollen Humpen in der Hand. »Nein, meine jungen Freunde«, sagte er lächelnd und sah sie mit schmalen Augen an, »heute findet hier keine Tulpenauktion mehr statt. Kommt morgen früh um elf wieder, und sagt Abraham van de Bos, ein so gutes Angebot wie unseres wird er so leicht nicht wiederfinden.«

Die Warnung aus Haarlem

Viele schmale Kanäle durchzogen das Jordaan-Viertel. Und es wurde noch kälter. Aus kleinen Höfen, in die Kim ab und zu einen Blick werfen konnte, klangen hin und wieder Hammerschläge oder anderer Lärm heraus, der von Handwerkskünsten zeugte, die hier ausgeübt wurden. Kinder liefen auf den Gehwegen herum, alle hatten es eilig, ein warmes Plätzchen zu finden. Männer hielten ihre Hüte gegen den steifen Wind fest, der den Dreck vom Pflaster aufwirbelte. Ein Mann mit Lederschürze zog einen Handkarren, der mit kleinen Fässern beladen war. Die meisten Häuser waren aus rotem oder braunem Backstein gebaut, der in der hereinbrechenden Dunkelheit düster wirkte. In den Fenstern glomm das Licht von Öllampen oder Kerzen auf.

David hatte sich in eine mürrische Schweigsamkeit zurückgezogen und Dennis war so bedrückt, dass er keinen Ton mehr herausbrachte. Im Duivelskopp hatten sie de Hooge und seine beiden *Floristen*kollegen nach dem Kasten mit der Uhr befragt, aber nur Anspielungen auf Tulpen geerntet. Tatsächlich hatte niemand auf den kleinen Kasten geachtet. Widerwillig hatte der Wirt angegeben, dass weitere Gäste um die Mittagszeit im vorderen Raum gewesen waren, aber er wusste nicht, ob einer davon im Hinterzimmer aufgekreuzt war. Konnte sein, konnte aber auch nicht sein. Etwas anderes als schwammige Auskünfte waren ihm nicht zu entlocken gewesen. Es gab nichts Konkretes, nichts, woran man sich halten konnte, nichts, um Pläne zu entwickeln. Rein gar nichts. So trostlos hatte sich Kim selten gefühlt. Dennis dagegen begann sich umzuschauen, als ob er darüber nachdachte, in welchem der Häuser er am liebsten wohnen wollte. Sicher in einem der schönen an der Herengracht.

Abraham ging es nicht besser, im Gegenteil, er war in eine Art Bewusstlosigkeit gefallen, sodass Maarten noch einmal nach Dr. Tulp geschickt hatte. Dieser hatte wieder zu seinem bewährten Heilmittel, dem Aderlass, gegriffen. Das alles erfuhren Dennis und Kim von Lisa, während sie die Treppe hinauf in den ersten Stock gingen. Von oben drang dünnes Babyweinen zu ihnen.

Kim erinnerte sich daran, dass Abraham an diesem Tag zum neunten Mal Vater geworden war. Die Aussichten für das Kind sahen nicht gerade rosig aus.

Leise traten sie in die Krankenstube. Obwohl sie von Lisa vorbereitet worden waren, erschrak Kim, als er Abraham sah. Dr. Tulp hatte ganze Arbeit geleistet, wie die Schüssel mit Blut auf einem Fußbänkchen verriet und Abraham selbst, der jetzt schon wie eine blutlose Leiche aussah.

»Ich dachte, hier stört uns keiner, Abraham hört uns nicht und ich bin sowieso gerade mit Krankenwache dran«, erklärte Lisa und nahm mit größter Selbstverständlichkeit einen Stickrahmen auf, mit dem sie sich ans Bett setzte. Als sie geschickt die Nadel durch den Stoff zog, sah es ganz danach aus, als hätte sie sich bereits in dieser Zeit und diesem Haus vollkommen eingerichtet. Und das ging Kim mächtig gegen den Strich. Jetzt war er der Einzige, der sich noch nicht damit abfinden wollte, für immer hierbleiben zu müssen.

»Also los, erzählt, was ihr im Duivelskopp herausgefunden habt!«, forderte sie ihn auf.

»Bist du sicher, dass dich das noch interessiert?«, fragte er nach.

Lisa sah an ihm vorbei ihren Bruder an. »Stimmt was nicht mit ihm? Was hat er?«

Dennis zuckte nur die Schultern und Kim begann stockend vor Mutlosigkeit zu berichten. Sobald er fertig war, warf Lisa den Stickrahmen aufs Bett und verdrehte die Augen.

»Ich glaub's einfach nicht«, wimmerte sie. »Auf gar keinen Fall will ich in diesem Jahrhundert bleiben. Schwarz steht mir nicht.«

»Was hast du gesagt?« Kims Herz machte vor Erleichterung einen kleinen Luftsprung.

»Schwarz steht mir nicht.«

»Doch«, widersprach Kim aus tiefster Überzeugung und hätte Lisa umarmen können. Sie wollte nicht hierbleiben, und das hieß, sie würde den Kampf für ihre Rückkehr nicht so rasch aufgeben!

»Ach, hör doch auf!« Lisa riss sich das Häubchen vom Kopf. Ihre wundervollen roten Haare wallten um ihr Gesicht wie ein feuriger Heiligenschein.

»Da! Ein Engel!« Abraham hatte die Augen aufgeschlagen und schaute sie verwundert an.

»Jetzt fantasiert er.« Tante Griet trat herein und warf nur einen missbilligenden Blick auf Lisa, die nach dem Häubchen griff und es sich grimmig wieder über die Locken stülpte. »Geht runter in die Küche zum Abendessen!«, fügte Griet barsch hinzu.

»Einen Moment.« Kim war eingefallen, dass es noch einen Mann gab, den er nach dem Uhrenkasten fragen konnte. Warum war er nicht früher darauf gekommen? Dieser Mann war zum richtigen Zeitpunkt im Duivelskopp gewesen und wusste vielleicht etwas.

»Ihr geht sofort, wenn ich es sage«, erklärte Tante Griet bestimmt. »In diesem Haus herrschen Ordnung und Folgsamkeit.«
Kim schielte an ihr vorbei zum Bett. Abraham hatte die Augen wieder geschlossen, sein gewaltiger Brustkorb hob und senkte sich, während ein leichter Schnarchton seinem halb offenen Mund entwich.
»Und nehmt den Hund mit!«, schrie Griet.
Willie war unter dem Bett hervorgekrochen und schlabberte Blut aus der Schüssel.

Lisa hatte ihren Hund auf den Arm genommen, bevor sie die Treppe hinabgingen. Aber als sie in das Zimmer kamen, wo sie mit der Familie gegessen hatten, waren alle Plätze leer. Auf dem Tisch stand zwar das Essen angerichtet – wieder reichlich viel –, aber niemand aus der Familie ließ sich blicken. Nur eine kleine Magd mit einem Krug trat ein.
»Sie sind alle dort – mit dem Mann, der gerade gekommen ist.« Sie wies hinter sich zur offenen Tür.
»Welchem Mann?«
Das Mädchen zuckte nur die Schultern.
»Sollen wir nachschauen?«, fragte Dennis und nahm sich einen leicht schrumpeligen Apfel aus einem Korb mitten auf der Tafel.

Kim konnte sich denken, wo sie alle waren. In der Bibliothek zu einer neuen Beratung, auf der sie Davids Kneipenrundgang besprachen.
»Gehen wir«, sagte Lisa entschlossen. »Wenn wir schon hierbleiben müssen, wollen wir wenigstens wissen, was läuft.«
»Sag ich ja!« Dennis rieb den Apfel an seinem Ärmel blank und biss hinein.
Der Besucher hockte zusammengesunken auf dem gleichen Stuhl wie einige Stunden zuvor Dr. Tulp, das hieß, er saß nicht bei den anderen am Tisch. Wieder waren nur die älteren Kinder anwesend, und in ihren Gesichtern spiegelte sich Besorgnis oder sogar Entsetzen, als wären sehr schlechte Nachrichten eingetroffen. Der Überbringer selbst, ein magerer blasser Mann von etwa vierzig Jahren mit tiefen Kummerfalten im Gesicht, schaute nervös auf, als Kim mit den beiden anderen eintrat.
»Geht in die Küche, wir kommen gleich zum Essen nach«, sagte Maarten abwehrend.
Lisa nahm sich trotzdem einen freien Stuhl und setzte sich. »Euer Vater ist aufgewacht.«
»Wirklich? Hat er was gesagt?« Ein Hoffnungsschimmer flog über Maartens Miene. »Kann er …«
»Zum Essen kommt er nicht herunter«, schaltete sich Kim ein, setzte sich gleichfalls und warf einen neugierigen

Blick auf den Besucher. »Sieht so aus, als gäbe es Neuigkeiten. Das interessiert uns auch.«

»Wollt ihr unseren Gast nicht begrüßen? Er kommt aus Haarlem«, sagte David mit einem lauernden Unterton in der Stimme.

Kim fiel ein, dass sie ja angeblich ebenfalls aus Haarlem kamen. Wie groß war der Ort wohl? Größer als Amsterdam? Er hatte keine Ahnung.

»Kennst du jeden in Amsterdam?«, fragte Dennis von oben herab. »Dann bist du spitze. Ich kenne jedenfalls nicht jeden in Haarlem.«

Alle sahen feindselig und misstrauisch drein, selbst die bisher immer freundliche Saskia.

»Klaas van Winkel ist eigentlich Tuchmacher, aber jetzt handelt er mit Tulpen. Er hat schon ein paar Geschäfte mit Vater gemacht«, erklärte sie spitz. »Wir jedenfalls kennen ihn gut.«

»Aber *wir* haben's weder mit Tuch noch mit Tulpen, wie oft sollen wir das noch sagen?«, entgegnete Dennis.

»Aber ihr kommt aus Haarlem!« David funkelte sie an. »Und hört auf so zu tun, als ob ihr nicht Bescheid wüsstet. Der Tulpenmarkt in Haarlem ist vor drei Tagen zusammengebrochen. Gestern wart ihr noch in Haarlem.«

»Nein!« Sehr bestimmt schüttelte Lisa den Kopf. »Waren wir nicht.«

»Sie lügen!«, schrie David. »Sie machen uns was vor!« Er sah aber Lisa dabei nicht an, so als traute er sich nicht ihr seine Anschuldigung direkt ins Gesicht zu schleudern.
»Was ist passiert?«, wandte sich Kim an den ehemaligen Tuchmacher und jetzigen Tulpenhändler. »Wir wissen nämlich von gar nichts.«
Der Mann rutschte bis zur Stuhlkante vor. »Soll ich's noch mal erzählen?«, fragte er Maarten unsicher.
Maarten ließ seinen Blick abschätzend von Kim zu Lisa gleiten, die ihn tief verletzt betrachtete, um zu zeigen, wie sehr er sie enttäuschte. Als ob er sich von einem unangenehmen Verdacht frei machen müsste, schüttelte er den Kopf.
»Tu's ruhig, Klaas. Wenn ich es noch mal höre, dann begreif ich's vielleicht. Bisher weigert sich mein Verstand nämlich.«
»Es fing mit *Witte Croons* an«, begann der Mann zögerlich, »ein Pfund *Witte Croons* für eintausendzweihundert Gulden. Aber niemand wollte sie, keiner gab ein Gebot ab, es war wie verhext. Ich hatte selbst was anzubieten, habe meine Ware aber zurückgezogen, bevor ...« Der Mann schaute so tief entsetzt drein, als hätte er den Weltuntergang mitgemacht.
Wenn gar nichts anderes mehr geht, könnte ich mich nach einem Schiff erkundigen, das nach China fährt,

und heuere als Matrose an, schoss es Kim durch den Kopf. Ein bisschen Ahnung vom Matrosenleben habe ich ja.

Lisa stöhnte auf.

»Was hat er gesagt?«, fragte Kim, der einen Moment den Faden verloren hatte.

»Hör doch zu!«, zischte Lisa aufgebracht. »Vor drei Tagen ist in Haarlem keine Auktion zustande gekommen. Niemand wollte Tulpen kaufen, obwohl sie zu immer geringeren Preisen angeboten wurden. Ein *Florist* ist seine *Witte Croons* nicht mal für siebenhundert losgeworden. Und bei dem Preis hätte er schon draufgezahlt.«

»Aber …«, begann Kim. Lisa legte einen Finger auf die Lippen und deutete auf Klaas van Winkel.

»Bis zum Abend war es in ganz Haarlem das Gleiche«, erklärte Klaas gerade trübsinnig. »Glaubt mir, das geht auch hier los, das dauert nicht mehr lange. Ich verschwinde dann!« Er erhob sich linkisch und machte Anstalten, die Bibliothek zu verlassen. »Ich muss noch mehr Leuten von der Sache erzählen und sie warnen.«

Anmutig stand Lisa auf und trat ihm in den Weg. Sie hatte sich nicht die Mühe gemacht, ihre Haare wieder ordentlich unter dem Häubchen zu verbergen, sie ringelten sich in ihre Stirn und quollen an der Seite heraus. Eine ihrer langen seidigen Locken wickelte sich Lisa nun um den

Finger. Es sah kokett aus. »Aber Sie zittern ja vor Erschöpfung! Hat Ihnen denn noch niemand etwas zu trinken angeboten? Sie brauchen dringend eine Stärkung, bevor sie sich wieder nach draußen in die Kälte begeben. So können wir Sie nicht gehen lassen, das wäre unchristlich. Sie müssen uns schon erlauben, dass wir uns erst einmal um Ihr Wohl kümmern.«

Mit einem verwunderten Gesichtsausdruck blieb der Mann stehen, während ihn Lisa betörend anlächelte.

Maarten sprang auf, aber Kim kam ihm zuvor, er saß ja auch näher zur Tür. Er hatte nun begriffen, was Lisa im Schilde führte, und stellte sich neben sie. »Wann haben Sie zuletzt etwas gegessen?«, fragte er Klaas besorgt.

Mit einem Schwung riss Maarten die Tür auf. »Tries!«, rief er. »Tries, hol den Genever! Aber fix.«

Jetzt kam Schwung in die Sache. Saskia lief herbei und fasste den Tuchhändler energisch am Arm. »Lasst nur, ich mach das schon. Ich kümmere mich um ihn. Gleich hat er seinen Schnaps und was Ordentliches auf dem Teller. Wir müssen uns ja schämen so schlechte Gastgeber zu sein. Dabei steht das Essen längst auf dem Tisch. Sie brauchen bloß zuzugreifen, *Meneer* * van Winkel.«

Für Kim war es ein Vergnügen, wie schnell die anderen verstanden hatten, um was es ging, und wie reibungslos alle zusammenarbeiteten.

* *Anrede Herr*

»Vergiss das Bier nicht«, sagte Maarten ernst und ließ die beiden vorbei. Aus der Kochküche kam die kleine Magd Tries mit einer Tonflasche und einem Gläschen angelaufen.
»Wie lange könnt ihr ihn festhalten?«, erkundigte sich Kim, sobald sich die Tür hinter Saskia und dem Mann aus Haarlem geschlossen hatte.
»Kommt darauf an, wie viel Schnaps er verträgt. Ich glaube, wir haben genug Genever im Haus, um den Kerl ins Delirium zu versetzen.«
»Das müsst ihr auch«, sagte David.
Danach schwiegen alle sorgenvoll. Kim ging zum Fenster, vor Anspannung konnte er sich nicht wieder hinsetzen. Fürs Erste war van Winkel ausgeschaltet. Er konnte die schlechten Nachrichten aus Haarlem nicht weiterverbreiten und damit Panik in Amsterdam auslösen. Solange niemand etwas von der Geschichte in Haarlem wusste, hatten Maarten und die anderen van de Bos-Kinder noch eine Chance, ihre restlichen Tulpen einigermaßen gut zu verkaufen. Das war schon mal nicht schlecht, wenn auch noch keine Lösung aller ihrer Probleme. Nicht, solange sie die *Semper Augustus* nicht wiederfanden. Aber was, verflixt noch mal, änderte sich damit schon groß an seiner eigenen Lage? Wenn es doch jetzt bloß ein Schiff nach China gäbe, dachte er. Sehnsüchtig schaute er auf die Gracht hinaus. Befuhren hochseetüchtige Schiffe auch

die Grachten? Führte eine davon zum Meer? Breit genug sah diese jedenfalls aus.
Drüben am anderen Ufer stand jemand!
»Ihr müsst von der Sache in Haarlem gewusst haben.« David fing schon wieder mit seinen Anschuldigungen an, er war wirklich ein blödsinnig sturer Kerl.
»Das ist vollkommen gleichgültig«, wies ihn Maarten zurecht. »Wir müssen überlegen, welcher Spielraum uns jetzt noch bleibt. Am besten geben wir alle Tulpen, die wir haben, morgen auf die nächste Auktion, bevor die Sache aus Haarlem die Runde macht. Wir gehen in den Löwen, der hat den besten Ruf.«
Maarten, seine Geschwister, Vettern und Cousinen steckten die Köpfe zusammen. Eine lebhafte Diskussion entbrannte, an der sich alle bis auf David beteiligten. Abwesend hatte er sich zurückgelehnt, als hörte er nicht mehr hin.
»Sie wissen es schon«, sagte er plötzlich. »Ihr braucht keine Pläne mehr zu machen und den Mann nicht mit Schnaps volllaufen zu lassen, um ihn am Reden zu hindern. Es ist alles umsonst.«
»Sag nicht so was!«, fuhr ihn Maarten an. »Wir müssen zusammenhalten, darauf kommt es an.«
»Dagegen hab ich ja gar nichts!«, fauchte David. »Natürlich halten wir zusammen, wir sind eine Familie. Aber du

warst heute Nachmittag in den Gasthäusern nicht dabei. Jetzt begreife ich erst, was los ist. Es ist durchgesickert. Die Nachricht aus Haarlem vom Zusammenbruch des Tulpenhandels hat sich längst bei einigen *Floristen* rumgesprochen. Deshalb haben sich die im Duivelskopp und im Löwen so seltsam verhalten. Sie waren vorsichtig, keiner gab richtig Auskunft. Jetzt versteh ich das. Ich sag es ungern: Aber wir sind schon am Ende.«

Wie es wohl in einem niederländischen Waisenhaus zuging? Kim sah wieder zum Fenster hinaus und musterte die Gestalt draußen. Diesen Jungen, der schon einmal zum Haus herübergespäht hatte, nein, schon zweimal. Einmal zu viel für bloßen Zufall. Aber was kümmerte ihn das? Genau genommen gar nichts. Wahrscheinlich gefiel dem Jungen einfach das Haus, es war bestimmt eines der schönsten an der Herengracht. Leider befriedigte Kim diese Erklärung nicht. Es musste etwas Schwerwiegenderes sein, was den Jungen wiederholt hierher zog. Während die Diskussion von Neuem losbrach, ging Kim still zur Tür.

Er nahm einen dicken Wollumhang mit Kapuze von einem Haken in der Eingangshalle, schlüpfte hinein und öffnete die Tür. Die Pflastersteine waren nun mit einer dünnen Schicht Eis überzogen, sodass er sehr vorsichtig sein musste, um nicht einen Sturz zu riskieren. Kaum hatte er das Haus verlassen, setzte sich der Junge in Bewegung. Kim tat so, als hätte er ihn nicht bemerkt, ließ ihm einen kleinen Vorsprung und folgte ihm dann so unauffällig wie möglich.

Der geheimnisvolle Junge

Der Junge bog in eine schmale Gasse ab, und Kim lief Gefahr, ihn aus den Augen zu verlieren. Er rannte zur nächsten Brücke, die über die Gracht führte, und kam ins Rutschen, fing sich aber wieder und merkte, wie ihm der Schweiß ausbrach. Was war, wenn er sich hoffnungslos verirrte? Auf der Straße herrschte Dunkelheit. Zwar brannte hier und da eine Laterne an einer Hausecke und ein bisschen Licht fiel aus den Fenstern, aber in diesem schwachen Schein begann sich die Umgebung zu verändern. Wie lange würde er da wohl die Orientierung behalten?

Als er die Gasse erreicht hatte, sah er den Jungen nicht mehr. Aufgeregt hastete er bis zum Ende, von dort zweigte eine noch schmalere Gasse im rechten Winkel ab. Er lief schneller und schneller und immer unvorsichtiger. Prompt rutschte er aus und fiel hin. Nachdem er sich aufgerappelt hatte, schmerzte sein Knie höllisch. Eine Kreuzung weiter erhaschte er endlich wieder einen Blick auf den Jungen. Es *musste* derselbe Junge sein, Kim wünschte inbrünstig sich nicht zu irren, nicht dem falschen nachzulaufen.

Trotz der Gefahr, entdeckt zu werden, versuchte er dichter heranzukommen und dem anderen nur ja auf den Fersen zu bleiben. Mit einer Hand hielt er krampfhaft die Kapuze fest, während ihm die Kälte ins Gesicht schnitt. Immer leerer und verlassener lagen die Straßen da und seine Schritte hallten laut in den engen Gassen wider. Mit was waren die Stiefel bloß besohlt? Er zwang sich leiser aufzutreten. Unwillig verbot er sich an etwas anderes als seine Verfolgungsjagd zu denken.

Zu spät.

Der Junge war endgültig verschwunden.

Wie hatte das passieren können? Er war doch gerade noch da gewesen.

Außer Atem sah Kim sich um. Alles war ihm fremd und unheimlich. Er schauderte vor Kälte, während ihm der schneidende Wind um die Ohren pfiff.

Wo war er hier gelandet? Das musste Jordaan sein, das Armenviertel, nahm er an, als er die kleinen, bescheidenen Häuser an der Straße betrachtete. Vorsichtig lugte er in eine Toreinfahrt. Dahinter lag ein Hof, um den sich noch winzigere Häuser scharten. An jedes lehnte sich ein windschiefer Bretterschuppen und vor einigen gab es ein

schmales Beet. Der ganze Hof wirkte wie ausgestorben, niemand war zu sehen.
Was sollte er denn jetzt tun? Er konnte doch nicht an eine Haustür klopfen und fragen, ob hier ein Junge wohnte, der gerade eben erst nach Hause gekommen war.
Zaghaft wagte er sich in den Hof. Eine Tür in einer hohen Bretterwand klappte und klapperte, als wenn sie der Wind bewegte. Es war das einzige Geräusch, das zu hören war. Vorsichtig näherte sich Kim der Tür und stieß sie behutsam ein Stück weiter auf. Sie führte auf ein enges Höfchen.
Allerlei Gerätschaften waren hier abgestellt, darunter ein Handkarren und ein Reisigbesen. Ein tiefer Trog stand an der Hauswand. Auf dem Trogrand klebte ein brennender Kerzenstumpf und verbreitete ein gespenstisches Licht.
Da war jemand in diesem Hof. Vor Überraschung hielt Kim den Atem an. Über den Trog beugte sich der Junge. Unverkennbar war es der Junge! Wie der Blitz war Kim bei ihm, packte ihn und drehte ihn herum.
»Wo hast du sie?«, herrschte er ihn an. »Sag es mir sofort oder ich breche dir die Rippen.«
Der Junge war klein und mager, wenigstens zwei Jahre jünger als er und völlig durchgefroren. Seine Zähne klapperten vor Kälte. Er wehrte sich nicht, sondern keuchte nur auf und schaute ihn verschreckt an.

»Wo?«, schrie Kim den Jungen aufgebracht an. Aus den Augenwinkeln sah er, wie ein kleines Kind aus einer niedrigen Seitentür des Hauses tappte. Mit angstgeweiteten Augen kam es heran und schob seine Hand in die des Jungen.

»Willem?«, wimmerte es. »Ich hab Hunger. Wer ist das?«

»Du brauchst keine Angst vor ihm haben«, murmelte der Junge, der Willem hieß, gepresst und deutete auf Kim. »Er geht gleich wieder. Ich weiß nicht, was er bei uns will, er muss sich verlaufen haben.«

Kim schielte zu Willems kleinem Bruder und fand es schwierig, angesichts eines Daumen lutschenden Knirpses auch weiterhin auf wild zu machen. Aber er hatte keine Wahl.

Er knuffte Willem grob. »Wo ist die Tulpenzwiebel?«

Über Willems Gesicht huschte ein Schatten, aber das konnte bei dem schwachen Kerzenlicht täuschen.

»Da?« Kim stieß Willem beiseite, denn er hatte bemerkt, dass der Trog Erde enthielt. Ohne zu zögern, steckte er beide Hände hinein und durchwühlte sie. Nichts. Nichts, was sich wie eine Zwiebel anfühlte, nur ein paar schrumpelige Wurzeln. Dafür war die Erde nass, klebrig und kalt. Einfach ekelhaft.

Unsicher linste Kim zu Willem, während er seine klammen Hände am Umhang abwischte. Hatte er sich denn

so verrechnet? Wo sonst, wenn nicht im Trog, konnte die Zwiebel sein?
Willem versuchte den Kleinen, der zu weinen begonnen hatte, zu beruhigen. »Bist du jetzt fertig? Dann verschwinde!«, schimpfte er.
Aber das Schimpfen klang nicht echt, und Willem wirkte unsicher, schuldbewusst, wenn sich Kim nicht ganz und gar täuschte. Nur konnte das Schuldbewusstsein auf etwas anderem beruhen, als er vermutete. Fast schien es ihm, als hätte ihn die Manie, alles mit Tulpen in Zusammenhang zu bringen, jetzt auch ergriffen. Es war zum Verrücktwerden. Gerade war er im Begriff, sich zurückzuziehen, da ging die kleine Tür zum Haus wieder auf und ein Mädchen trat heraus. Wie angewurzelt blieb Kim stehen. Sie trug kein Häubchen, ihr üppiges blondes Haar fiel ihr lockig auf die Schultern. Noch nie hatte Kim ein so schönes Mädchen gesehen.
»Geh zurück ins Haus, Swantje«, sagte Willem.
Swantje! Kleiner Schwan. Ja, sie erinnerte wirklich an einen Schwan, das war genau der richtige Name für sie.
Swantje sah verwirrt von einem zum anderen und bemerkte Kims Blick, mit dem er sie unverwandt anstarrte. Verlegen strich sie sich eine Strähne aus dem Gesicht. »Ich hab mir die Haare gewaschen, sie sind noch nicht ganz trocken. Was machst du hier? Wer bist du?«

»Ich such nach einer Zwiebel, die aus einem Haus an der Herengracht gefallen ist. Oben aus einem Fenster im ersten Stock von Abraham van de Bos' Haus«, sagte Kim, ohne lange nachzudenken. Bei Swantjes Anblick konnte er gar nicht nachdenken.

Swantje zuckte heftig zusammen, schlug die Hand vor den Mund und wich bis zur Hauswand zurück.

»Ich hab's dir gesagt, Willem«, flüsterte sie. »Ich hab dir gesagt, bring sie zurück. Sie gehört uns nicht. Und wir wissen ja nicht einmal, was es für eine ist.«

Kim wusste, er war am Ziel. Die *Semper Augustus* war in greifbare Nähe gerückt, er allein hatte sie dank seines Scharfsinns und seiner Beharrlichkeit gefunden. Aber statt einer unbändigen Freude und Genugtuung spürte er auf unerklärliche Weise nichts als Scham. Er hatte gerade einen Dieb überführt und fühlte Scham? Wieso? Dann wusste er es.

Swantjes große schimmernde Augen lösten diese Scham aus, vor allem die Traurigkeit, die er darin erkannte. Er fühlte sich ganz klein und schmutzig, als wäre *er* dieser Dieb.

»Und ob sie uns gehört«, widersprach Willem. »Sie haben sie weggeworfen. Ich hab nur von der Straße aufgehoben, was jemand weggeworfen hat. Das ist kein Verbrechen.«

»Woher willst du wissen, dass jemand die Zwiebel weggeworfen hat? Sie ist heruntergefallen.« Kim hatte sich so gedreht, dass er die schöne Swantje nicht mehr direkt anschauen musste.

»Ist sie nicht«, sagte Willem heftig, »ich hab genau gesehen, dass sie jemand *geworfen* hat. Aus dem Fenster! Ich bin hingerannt und hab sie aufgehoben«, fügte er trotzig hinzu. »Ich lass sie mir nicht mehr wegnehmen.«

»Damit wirst du nicht durchkommen!« Dennis stieß die Tür zum Hof auf, trat herein und lehnte sich keuchend an die Bretterwand. Eine Hand presste er in seine Seite. »Hättest du nicht ein bisschen langsamer gehen können? Rennen ist das reinste Gift für mich. Ich hab von draußen zugehört. Ihr wart ja laut genug. Was jetzt? – Kim!«

Kim fuhr herum. Willem hatte seinen kleinen Bruder an der Hand hinter sich hergezerrt und wollte gerade mit Swantje im Haus verschwinden und die Tür zuschlagen. Im letzten Augenblick trat Kim dagegen, sodass sie wieder aufschwang. Mit einem Sprung war er im Haus.

Dennis drängte hinter ihm herein.

Die drei Geschwister wichen vor ihnen zurück.

»Du brauchst uns nur die Zwiebel zurückzugeben, dann seid ihr uns los, sonst ...«, sagte Kim barsch und drohend. Wenn das hier nur bald vorbei wäre! Lange würde

er nicht mehr so auftreten können. Es war erbärmlich, Schwächere einzuschüchtern.
»Das kann ich nicht«, antwortete Willem.
»Gib sie ihm«, drängte Swantje, »ich will, dass sie verschwinden. Bitte!«
»Ich kann nicht, nicht vor der Tulpenblüte im nächsten Jahr.«
Unauffällig sah sich Kim um. Es war eine ärmliche Stube, ohne den kleinsten Läufer auf dem nackten Fußboden und nur mit den einfachsten Möbeln ausgestattet. Ein roh zusammengezimmerter Tisch, eine Bank und in der Ecke ein Bett mit einer dünnen Decke. Mitten im Raum gab es eine große leere Stelle, an der etwas gestanden haben musste, wie die Abdrücke auf den Dielenbrettern verrieten.
»Wir brauchen Maarten oder David hier. Geh einen von ihnen holen, Dennis«, sagte Kim, ohne sich umzudrehen. »Schaffst du das?«
»Sicher, wenn ich nicht unterwegs im Laufen tot zusammenbreche. Aber kommst du ohne mich klar?«
»Ganz bestimmt.«
Die großen brennenden Augen der Kinder waren Kim geradezu unheimlich, gern hielt er hier nicht die Stellung.
»Wo sind eure Eltern?«, fragte er, als Dennis verschwunden war. »Am besten sprechen wir mit ihnen.«

»Wir sorgen für uns selbst«, antwortete Willem finster.
»Vater ist am Fieber gestorben, vor einer Woche«, erklärte Swantje und schaute zu dem leeren Bett, »und Mutter vor zwei.«
Kim war froh, dass die beiden wenigstens mit ihm redeten, das machte es leichter für ihn. Es würde mindestens eine halbe Stunde dauern, bis Dennis mit Maarten oder David zurückkam. Er wollte die Zeit nutzen und begann vorsichtig Willem und Swantje auszufragen. Sie gaben nicht gerade bereitwillig Auskunft, aber am Ende wusste er doch einiges über ihre Familie und ihre Verstrickung in den Tulpenwahn. Nur das Versteck der *Semper Augustus* hatte er nicht erfahren.
Der Vater war Weber gewesen und hatte vor etwa zwei Jahren, als die Tulpenpreise immer rascher in die Höhe schnellten, begonnen Tulpenzwiebeln zu kaufen.
»Wieso haust ihr dann noch hier?«, erkundigte sich Kim verwundert. »Wenn er schon so lange gehandelt hat, müsstet ihr doch längst reich sein und an der Herengracht wohnen.«
Willem sah ängstlich drein und schwieg, als hätte er schon zu viel verraten.
»Wir wären auch reich geworden«, antwortete Swantje mit schleppender Stimme. »Aber Vater hat mit dem Erlös aus den Zwiebelverkäufen sofort neue gekauft, und zwar

stets bessere und seltenere als vorher. Angefangen hat er mit zwei ganz einfachen einfarbigen Tulpen, mit *Couleren*, etwas anderes konnten wir uns gar nicht leisten.«

Vielleicht war das gar nicht so dumm gewesen, überlegte Kim. In jeder neu erworbenen Zwiebel steckte mehr Geld als in der alten und der Weber war klug genug gewesen, kein Geld für die Familie abzuzweigen. Oder war er nur geizig gewesen? Ein Vermögen in braunen unansehnlichen Zwiebeln und die Kinder liefen in Lumpen herum. Er, Kim, fand das unanständig – oder unchristlich, wie sie hier sagten. Über die Zukunft in fabelhaftem Reichtum hatte der Weber anscheinend die ärmliche Gegenwart vollkommen übersehen.

Willem schien mit dem Vorgehen seines Vaters einverstanden zu sein, ein bisschen Stolz klang durch, als er anfing Kim mit der Aufzählung von Tulpen zu langweilen, die sie bereits besessen hatten oder besaßen. Was sollte er sich schließlich unter einer *Root en geel van Leyde* vorstellen?

»Und wie viele Zwiebeln habt ihr jetzt?«

Besorgt sahen sich die Geschwister an.

»Fünf«, sagte Swantje schließlich.

»Mit der *Semper Augustus* oder ohne?«

Jetzt sagten sie gar nichts mehr. Swantje wandte den Kopf ab, Angst war in ihren Augen aufgeflackert. Kim tat sie nur noch leid. Wie gern hätte er ihr geholfen. *Ihr*, an ihre Geschwister dachte er weniger. Sie musste die Älteste sein, vielleicht vierzehn oder fünfzehn Jahre alt. Offenbar waren ihre Haare immer noch nicht trocken. Kein Wunder, denn es war kalt in dem kleinen Haus, es gab kein Feuer, das ein bisschen Wärme verbreitete. Neben dem Herd, der gegenüber dem Bett stand, lagen gerade mal drei Torfbrocken. Nicht sehr viel für einen langen Winter.

»Was soll denn jetzt aus euch werden, wo eure Eltern tot sind?«, fragte Kim mit belegter Stimme.

»Wir wissen es nicht«, antwortete Swantje abweisend. »Ich werde mir eine Stellung suchen und Willem ... Er wäre auch Weber geworden, aber Vater hat den Webstuhl versetzt, beim letzten Tulpenkauf reichte das Geld nicht. Und jetzt muss er auf die Kleinen aufpassen, wenn ich arbeiten gehe.«

Dann stammten die Abdrücke auf dem Boden also von einem Webstuhl. Swantje hatte von *den* Kleinen gesprochen, demnach gab es noch mehr jüngere Geschwister als den einen kleinen Bruder, der sich an seine große Schwester drückte. Kim hörte verhaltenes Husten, es musste schon länger andauern, fiel ihm aber erst jetzt auf. Eine schmale Stiege, schmal wie eine Hühnerleiter, führte auf den Dachboden und von dort klang das Husten herunter. Vielleicht war es lauter geworden, denn Swantje wurde nun auch aufmerksam.

»Ich muss nach den anderen sehen«, murmelte sie und machte Anstalten, sich von ihrem kleinen Bruder zu befreien.

»Du gehst nirgendwohin«, sagte Kim und kam sich gemein dabei vor. »Es kann nicht lange dauern, bis Dennis mit einem Sohn oder Neffen von Abraham van de Bos zurück ist. Ihr könnt mir allerdings auch einfach die *Semper Augustus* geben, mehr wollen wir ja nicht von euch. Also, was ist?« Er machte einen Schritt auf Willem zu.

Willem schluchzte und schniefte, Rotz lief ihm aus der Nase, der Junge sah ganz erbärmlich aus. »Wenn ich es könnte, hätte ich es doch längst getan!«

»Ich geb ihm alle unsere Tulpenzwiebeln, damit er endlich verschwindet!«, rief Swantje voller Verachtung und schob den Kleinen endgültig von sich.

»Nein!«, schrie Willem. »Das darfst du nicht! Dann bleibt uns ja gar nichts mehr. Wir werden alle verhungern.« Er zitterte und schlug die Arme um sich. »Oder erfrieren.«

Kim schüttelte nur den Kopf. Was redeten die beiden da bloß? Er wollte doch nur die eine Zwiebel.

Als Swantje an ihm vorbei zur Haustür stürmte, hielt er sie fest.

»Nur die eine, verstanden? Und ich komm mit!«

Hass flammte in ihren Augen auf, während sie um sich trat und sich loszureißen versuchte. Willem kam ihr zu Hilfe. Kim hatte das Gefühl, gegen zwei Schlangen kämpfen zu müssen, so wie sie sich wanden und drehten, und dabei wollte er doch keinem wehtun. Doch diese Rücksichten hegten die beiden leider nicht. Willem trat ihm vors Schienbein, ehe er ausweichen konnte. Und Swantje entwischte ihm durch die Tür. Er setzte ihr nach und blieb draußen im Höfchen abrupt stehen.

David, gefolgt von Maarten, Dennis, Lisa und Saskia stürmten in den Hof. Maarten fing Swantje ab.

»Wen haben wir denn hier?« Prüfend glitt sein Blick über ihr üppiges Haar und ihr rosiges, ebenmäßiges Gesicht.

Saskia und Lisa trugen pelzgefütterte Umhänge mit großen Kapuzen. Das weiche silbergraue Fell umschmeichelte ihre Gesichter, zauberte eine ungeheure Vornehmheit hervor und zeugte von Reichtum. Und dennoch konnte Swantje mit ihnen mithalten, was unschwer an Maartens Blick zu erkennen war.

Swantje hielt still und riss sich dann mit einem Ruck los. Vor der Übermacht, die über sie hereingebrochen war, kapitulierte Willem schließlich. Mit hängendem Kopf führte er sie in einen Schuppen am Ende des Höfchens und deutete auf einen langen schmalen Kasten ohne Deckel. Jetzt war er mit Holzwolle gefüllt. Normalerweise wurden darin die Weberschiffchen aufbewahrt, die aber mit dem Webstuhl versetzt worden waren. Nur der Kasten war von der Weberausrüstung übrig geblieben, erklärte Willem stockend.

David wollte die Holzwolle durchwühlen, aber Willem stellte sich vor den Kasten und hob abwehrend die Hände.

»Wartet«, flehte er, »ich muss erst das Blatt holen.«

»Welches Blatt?«, schnauzte David.

»Lass ihn gehen, aber du, Dennis, gehst mit«, bestimmte Maarten und niemand widersprach.

Als Willem und Dennis zurückkehrten, hielt Willem ein Blatt in der Hand.

»Das sind sie«, sagte er schüchtern und zeigte ihnen das Blatt, »alle, die wir haben.«

Nicht sehr gekonnt waren auf das Blatt Papier vier Tulpen gemalt. Die Zeichnung der ersten war besonders misslungen, sie zeigte eine hässliche pottschwarze Tulpe, deren Blütenblätter hier und da weiß gesprenkelt waren. Sehr viel besser sahen die anderen allerdings auch nicht aus. Wer immer diese Tulpenbilder geschaffen hatte, war mehr Schmierfink als Maler gewesen.

Angewidert schüttelte David den Kopf.

»Oh Gott, was soll das denn nun sein?«, stieß er hervor und wollte sich wieder auf den Kasten stürzen.

»Nicht!« Swantje trat ihm entschieden entgegen. Davids Blick flackerte, als er auf ihr offenes Haar fiel. »Wir können weder lesen noch schreiben«, fuhr sie eilig fort. »Dieses Blatt hilft uns die Tulpen auseinanderzuhalten. Sie stecken genau in der Reihenfolge, in der sie hier auf dem Blatt sind, im Kasten. Die *Bizarde** da ist eine *Admirael Pottebakker***.«

»Verstehe.« David nickte, schaute aber weiter Swantjes goldenes Feenhaar an. »Wir graben jetzt eine nach der anderen aus und legen sie genau in eine Reihe, so wie sie in der Holzwolle stecken. Das ist gar kein Problem.«

Willem bestand aber darauf, dass er diese Arbeit übernahm, und da alle zuschauen konnten, waren auch alle einverstanden. Als er fertig war, lagen fünf Zwiebeln aufgereiht.

Alle fünf sahen mehr oder weniger gleich aus. Vier gehörten ihm und seinen Geschwistern und eine Abraham van de Bos.

»Und welche ist jetzt unsere *Semper Augustus*?«, fragte Maarten skeptisch.

Willem seufzte tief und verzweifelt.

»Das weiß ich nicht. Wie hätte ich denn ahnen können, dass ich eine *Semper Augustus* von der Straße aufgelesen hab? Das hätte ich mir nie träumen lassen.« Schiere Ehrfurcht klang in seiner Stimme auf. »Ich hab eure Zwiebel

* *rote oder violette Tulpe auf gelbem Grund*

** *Name einer Tulpensorte*

einfach zwischen die anderen gesteckt, weil ich nicht wusste, wohin damit. Ich hab gar nicht nachgedacht. Das war dumm.«

»Das war saudumm«, bekräftigte David finster.

»Na ja«, warf Kim ein, »zwei können wir jedenfalls eindeutig bestimmen. Willem hat gesagt, er hat eure *zwischen* die anderen gesteckt, also links oder rechts von der Mitte. Das heißt, wir wissen, was die erste und die letzte in der Reihe für Tulpen sind. Wie heißen sie?«, wandte er sich an Willem.

»Die da«, der Junge deutete mit seinem dünnen, von der Kälte schneeweißen Zeigefinger auf die Letzte in der Reihe, »ist eine *Admirael de Bol*, eine *Roos*, und die da …«, er zögerte einen Moment und tauschte einen Blick mit seiner Schwester aus.

»Sag's ihnen, sie geben ja doch keine Ruhe, bis sie alles wissen.«

»Was?«, fragte David und blickte stirnrunzelnd auf das Blatt Papier und die erste Tulpe in der Reihe.

»Das ist eine *Swatte Swan*«, flüsterte Willem heiser. »So nennen wir sie jedenfalls.«

Kim verstand ebenso wenig wie Lisa und Dennis, was vorging. Sie mussten die einzigen Unwissenden sein. In den Mienen der anderen zeigte sich erst Ungläubigkeit, dann maßloses Erstaunen und schließlich Ergriffenheit.

»*Swatte Swan*?«, wiederholte David nach einem tiefen Atemzug.
Schwarzer Schwan! Hübscher Name, dachte Kim und betrachtete Swantje, den wunderschönen weißen Schwan, dessen Anblick ihm ein bisschen die Knie weich werden ließ.
»Ihr habt, ihr habt ...«, David versagte fast die Stimme, er konnte nur noch stottern, »ihr habt eine *schwarze* Tulpe?«
Willem nickte ängstlich. »Ihr dürft sie uns nicht wegnehmen«, flehte er.
»Davon hat keiner was gesagt.« Maarten fuhr sich übers Gesicht. »Eine schwarze Tulpe! Mein Gott!«, stieß er aus.
Sie musste hässlich sein, dachte Kim verwundert, diese schwarze Tulpe. Er versuchte sie sich vorzustellen, aber alles, was dabei herauskam, war eindeutig eine hässliche Blume. Die hässlichste von allen. Aber Abraham van de Bos' Kinder und sein Neffe waren offenkundig anderer Meinung. Sie redeten wild durcheinander und hörten erst einmal nicht mehr damit auf. Und langsam begriff Kim, dass eine schwarze Tulpe der Traum aller Züchter und Sammler war. Die absolute Krönung. Niemandem war es bisher gelungen, eine schwarze Tulpe zu züchten.
Mit vielem Nachfragen erfuhren sie die Geschichte der Tulpe. Willems Vater hatte sie als Dreingabe von einem

der berühmtesten Experten erhalten. Pieter Bol, dem Züchter der besten *Violetten*, der lila geflammten Tulpen. Diese eine hatte Bol wegwerfen wollen, weil sie klein und unregelmäßig war, Abfall eben. Willems Vater hatte sie mitgenommen, eingepflanzt und ein Jahr warten müssen, bis sie blühte. Schwarz, mit hauchzarten, weißen Flammen.

»Sie ist ein Vermögen wert! Die wertvollste Tulpe, die je gezüchtet wurde«, stammelte David.

»Müssen wir sie jetzt hergeben, weil Willem eure *Semper Augustus* mitgenommen hat?«, fragte Swantje bang.

Es war, als wenn Maarten und David aus einem wunderbaren Traum erwachten und feststellten, dass es die hässliche Gegenwart mit all ihren unlösbaren Problemen noch gab.

»Unsere *Semper Augustus*. Stimmt ja, hab ich jetzt glatt vergessen«, sagte Maarten gepresst, »aber wie finden wir heraus, welche von den restlichen drei Zwiebeln unsere ist?«

»Wir müssen sie alle mitnehmen«, meldete sich Saskia, »das ist das Beste.«

»Also doch!«, schluchzte Willem auf.

»Nein, du verstehst mich nicht. Klar, die Zwiebeln meine ich auch, aber vor allem die da.« Saskia wies zur Schuppentür. Dort standen drei Knirpse. Der kleine Junge von eben und zwei weitere. Die beiden anderen trugen nur lange Hemden und hatten sich eng aneinandergedrängt, eine lumpige kleine Decke um die Schultern, nicht viel mehr als ein Fetzen. Eins der Kinder hustete erbärmlich.

»Hör auf zu flennen«, wies Saskia Willem zurecht, »wir nehmen euch alle mit. In diesem rattenkalten Loch könnt ihr nicht bleiben. Hört euch doch bloß diesen Husten an! Und sind das dann alle?«

Das Rätsel der fünften Tulpe

Das Problem mit dem Transport der Tulpen, die ja auf keinen Fall verwechselt werden durften, löste Kim, indem er Willem die *Swatte Swan* in die Hand drückte und ihm erklärte, dass dies die Nummer eins sei. Dann hob er die restlichen eine nach der anderen auf, reichte sie weiter und zählte sie dabei durch. Dennis bekam Nummer fünf, die Letzte, die *Admirael de Bol*. Mit dieser Aufteilung waren alle einverstanden. Später, zu Hause, wollten sie weiter darüber nachdenken, wie sie herausfinden konnten, welche Tulpe die *Semper Augustus* war. Solange das nicht feststand, konnten sie sie nicht auf einer Auktion anbieten. »Falls noch welche zustande kommen«, murmelte Dennis und verstaute Tulpe Nummer fünf in seinem Umhang. »Und wenn ja, fragt sich, was für Preise jetzt noch erzielt werden können.«

Er hatte Kim daran erinnert, dass die Kinder von Abraham de Bos mit dem Wiederfinden ihrer kostbarsten Tulpe ih-

re Sorgen längst noch nicht los waren, selbst dann nicht, wenn sie wussten, welche von den dreien es war.
Saskia und Lisa nahmen je ein Kind unter ihren Pelzumhängen auf den Arm und hielten es so warm. Maarten legte seinen Umhang Swantje um die Schultern, sie trug den kleinsten Jungen. Zusammen verließen sie das Haus, dessen Tür Willem nicht verschloss. Diebe waren nicht zu fürchten, denn es gab nichts Wertvolles mehr im Weberhäuschen.
Als sie den großen Hof mit den Häusern ringsum überquerten, fiel Kim ein Mann auf, der hastig in den Schatten eines kahlen Baums trat. Es war ein dicker, alter Baum und er stand recht nah bei Willems Elternhaus. Fast verbarg der Stamm den Mann, es war nicht viel mehr als die Krempe seines breitrandigen Huts zu sehen. Kim war schon bereit die Begegnung als Zufall abzutun, aber dann fand er das doch zu gefährlich. Wie unabsichtlich blieb er ein Stück hinter den anderen zurück, tat so, als ob er stolperte und ging in die Knie. Unauffällig lugte er unter seinem Arm hindurch hinter sich. Der Mann war aus dem Schatten herausgetreten. Bei der Dunkelheit war er nicht sehr gut zu erkennen, aber etwas an ihm kam Kim bekannt vor.
»Kim!«, rief Dennis und lief zu ihm zurück. »Kann ich dir helfen?«

»Nein.« Im Aufstehen wandte sich Kim rasch um. Der Mann war verschwunden. Wohnte er hier und war in eines der Häuser gegangen?

Es war nicht allzu weit bis zur Herengracht. Maarten, der mit Swantje voranging, nahm eine Abkürzung durch ein paar Wohnhöfe. Bald glitzerte die Herengracht vor ihnen, und Kim erkannte, wie sehr er von Willem, als er ihm folgte, in die Irre geführt worden war.

Widerwillig gab Willem zu, dass er jedes Mal auf dem Rückweg von Abrahams Haus einen Umweg genommen hatte. Sein schlechtes Gewissen hatte ihn wohl immer wieder zur Herengracht zurückgeführt, nahm Kim an, fragte aber nicht nach. Ein prüfender Blick in das Gesicht des Jungen verriet, wie wenig Zutrauen dieser gegenüber Maarten und den anderen de Bos-Sprösslingen gefasst hatte.

Willem rechnete nicht mit einer Wendung zum Guten. Krampfhaft hielt er seine *Swatte Swan* an die Brust gedrückt. Kim hätte ihn gern ein wenig beruhigt, nur fiel ihm nichts Passendes dazu ein. Eher etwas zur Beunruhigung. Daher war er sehr froh, als Abrahams Haus in Sicht kam. Jetzt war er sich nämlich sicher, dass ihnen den ganzen Weg von Willems Häuschen an jemand gefolgt war. Möglicherweise der Mann mit dem breitkrempigen Schlapphut.

Mit bärbeißiger Miene öffnete Tante Griet ihnen die Haustür.
»Was denn, was denn?«, keifte sie und stemmte aufgebracht die Hände in die Hüften. »Noch mehr Kinder? Haben wir in diesem Haus etwa Mangel an Blagen? Schleppt ihr jetzt das Gesindel von der Straße herein?«
Drei armselige Hemdenmätze standen vor ihr, Willems kleine Brüder, die Lisa, Saskia und Swantje abgesetzt hatten. Stumm und ergeben schauten sie zu der Frau auf, die wie eine Hexe auf sie wirken musste. Eine graue Haarsträhne hatte sich aus ihrer Haube gelöst, und an ihrem Kinn sprossen ein paar stoppelige Barthaare, wie Kim nun bemerkte.
»Ach Gott, ach Gott, nichts als Ärger!«, schimpfte Griet weiter und nahm den Kleinsten auf den Arm. »Dann mal ab in die Kochküche mit euch! Ich hoffe, wir haben noch genug heißes Wasser, die müssen ja erst einmal alle gewaschen werden. Die sind ja eiskalt, diese Füßchen, das ist ja zum Fürchten. Tries! Tries! Wo steckst du denn, du faule Trine …« Der Kleine hatte die Arme um Tante Griets Hals gelegt, schmiegte die Wange an ihre Schulter und lächelte selig.
Tante Griet entfaltete eine Geschäftigkeit, von der das Haus widerhallte. Überall war ihre Stimme zu hören, die lautstark Anweisungen gab.

Nach kurzer Zeit waren Willems Brüder gewaschen, gefüttert und in ein warmes Bett gelegt und alle Übrigen hatte sie barsch zum Abendessen befohlen. Streng achtete sie persönlich darauf, dass auch jeder genug aß und trank, und wer den Teller nicht zweimal leerte erntete einen bitterbösen Blick von ihr. Es gab heißen Kräutertee, den Kim voller Behagen genoss.

Bald darauf war der gemütliche Teil des Abends vorbei. Wieder hatten sich die älteren Kinder in der Bibliothek versammelt, rund um den großen Tisch, auf dem in einer Reihe die fünf Tulpenzwiebeln lagen. Von diesen fünf Zwiebeln hing das Schicksal dreier Familien ab. Neunzehn Kinder waren jetzt im Haus, Kim, Lisa und Dennis nicht mitgerechnet. Fünf davon Waisen, fünf vielleicht Waisen, falls das Schiff mit Davids Eltern untergegangen war, und neun Halbwaisen, falls sich ihr Vater nicht mehr erholte.

Das zukünftige Schicksal lag nun allein in der Hand der Kinder.

Was aber konnten sie tun?

Bald wurden Pläne entwickelt, wie die Tulpen auf den Markt gebracht werden konnten, aber alle scheiterten daran, dass keiner die drei mittleren eindeutig bestimmen konnte. Der Katalog wurde geholt und über die Tulpen, die aus den Zwiebeln wachsen mussten, herumgerätselt. Gab es ein eindeutiges Kennzeichen für Zwiebel Nummer drei, die eine *Gouda* sein konnte? Eine *Gouda* oder eine *Semper Augustus,* was einen Unterschied von siebentausend Gulden ausmachte. Bisher wenigstens. Aber wer zahlte noch so viel, wenn der Markt auch in Amsterdam zusammenbrach?

Es war zum Verzweifeln, die Diskussion drehte sich immer mehr im Kreis.

Verwirrend war außerdem die Gegenwart Swantjes, denn Maarten, David und Kim mussten sie einfach immerzu anschauen und sehen, wie ihr Haar im Licht der Lampen wie gesponnenes Gold schimmerte. Bis Saskia auf einmal aufstand, hinausging und mit einer Haube zurückkam, die sie vor Swantje auf den Tisch legte.

»Versteck dein Haar darunter, ich hab's jetzt satt, wie die Jungs es anstarren.«

Swantje errötete.

Kim fing Lisas Blick ein und sah, wie verärgert auch sie war. Also hatte sie gleichfalls bemerkt, was los war. Jetzt schämte er sich. Reumütig machte er sich klar, dass sie immer noch die Wichtigste und Liebste für ihn war. Gern hätte er ihr gesagt, dass seine Bewunderung für Swantje nichts zu bedeuten hatte. Aber ob sie das glauben würde? Verlegen wandte er sich ab.

Lisas Hund Willie beobachtete eine Katze, die sich auf einem der Bücherbretter zusammengerollt hatte, und gab hin und wieder leise »Wuffs« von sich. Wahrscheinlich aber langweilte er sich. Gerade hörte er auf die Katze zu belauern und legte müde den Kopf auf die Pfoten. Bestimmt war für ihn längst Schlafenszeit.
Wie spät war es? Kim mochte nicht daran denken, wie viele Stunden seit ihrer Ankunft in Amsterdam verstrichen waren. Schon spürte er, wie sich ein harter Klumpen in seinem Magen bildete. Furcht. Es war so unglaublich dumm, hier über Tulpen zu grübeln statt Pläne für ihr Entkommen aus dieser Zeit zu schmieden. Wo steckte der Kasten mit Großvater Kaos Uhr? Am liebsten hätte er die Frage laut herausgeschrien.
»Wir können es drehen und wenden, wie wir wollen«, sagte Maarten erschöpft. »Vor der nächsten Blüte werden wir nicht herausfinden, welche die *Semper Augustus* ist. Und bis dahin sind wir ruiniert.«
Sie waren mit ihrer Klugheit am Ende.
Saskias Augen hatten sich gerötet, Traurigkeit und allgemeine Hoffnungslosigkeit drohten mittlerweile alle zu überwältigen.
Ob Abraham van de Bos das ganze Drama verschlief? Vielleicht schlief er längst für immer. Kim dachte noch einmal an den Anfang der Misere, an Abraham, der vor

Schreck den Tabakskasten fallen gelassen hatte, weil seine größte Kostbarkeit verschwunden war. Der Kasten und der verstreute Tabak ... Im ganzen Raum hatte es nach Tabak gerochen ...

»Lisa?«, fragte Kim leise.

Sie schaute zu ihm. Immer noch höchst ungnädig.

Er deutete auf Willie. »Wie gut ist seine Nase?«

»Was soll denn das jetzt?«, fragte sie abweisend.

»Wie gut ist seine Nase für – Tabak?« Unmerklich deutete er mit einer Kopfdrehung auf die Tulpen.

»Für Tabak? Wieso für Tabak?« Lisa erstarrte, ihre Augen weiteten sich, als sie begriff. »Gut genug, denke ich.«

»Tabak? Willies Nase?« Dennis hatte etwas aufgeschnappt. Sein Blick irrte zwischen Willie und den Zwiebeln hin und her. »Mann, sind wir blöd!«, brach es auf einmal aus ihm heraus. »Wo ist der Tabakskasten? Noch bei Abraham?«

»Was willst du denn mit dem Kasten?«, fragte David schläfrig.

Kim war aufgesprungen. »Ich hab ihn auf die Kommode gestellt. Schnell, holen wir ihn.«

Im oberen Stockwerk kam Griet gerade den Flur entlang, als sie an ihr vorbeistürmten.

»Wo wollt ihr hin? Doch nicht zu Abraham?«

»Wir wollen uns nur den Tabakskasten holen. Wir sind auch ganz leise.«

Bevor Griet sie daran hindern konnte, traten Kim, Lisa und Dennis ins Zimmer. Abraham schnarchte, sein Gesicht wirkte immer noch kreidebleich und eingefallen. Aber immerhin lebte er.
»Was habt ihr denn jetzt mit dem Kasten?«, fragte Griet unwirsch, sie war ihnen nachgekommen.
Der Tabakskasten war von der Kommode verschwunden, das stellte Kim mit einem Blick fest. Hilflos zuckte er mit den Achseln.
»Aber wo ist er?«, fragte Dennis hartnäckig.
»Was weiß ich, lasst mich damit in Frieden«, fertigte Griet ihn ab. »Ich will das vermaledeite Ding nicht mehr sehen.«
»Sie hat ihn bestimmt mitgenommen, weil er sie daran erinnert, was sie getan hat«, raunte Lisa Kim zu. »Lasst uns unten danach suchen. Ich sag den anderen Bescheid. Wir müssen uns aufteilen.«
Es war ein vernünftiger Vorschlag. Kim folgte Dennis in die Kochküche, wo die kleine Magd Tries die Töpfe und Pfannen scheuerte.
Erst nachdem sie alles durchsucht hatten, wandten sie sich an das Mädchen.
»Tries, hast du …«, begann Kim.
»Nein, hab ich nicht«, fiel sie ihm ins Wort, bevor er mit der Frage fertig war. »Lasst mich bloß in Ruhe, ich hab zu

tun. Bei der Arbeit in diesem Haus kann man ja verrückt werden. Nie gibt es ein Ende.«
»Hast du keinen Holzkasten gesehen, der nach Tabak riecht?«, fragte Dennis unerschütterlich.
Tries legte zögernd die Scheuerbürste beiseite und ging seufzend aus der Küche. Sollten sie ihr folgen? In der Tür drehte sie sich um und winkte.
In einem Kämmerchen im zweiten Stock hielt der jüngste Bruder Willems unter der Bettdecke, unter der er mit den beiden anderen Kleinen schlief, den Holzkasten an sich gepresst. Vorsichtig lösten sie seine Finger und zogen den Kasten hervor.
»Muss er ihn wirklich hergeben?«, fragte Tries. »Ich hab ein paar kleine Holztiere hineingetan, damit er was zu spielen hat.«
»Keine Bange, er kriegt ihn wieder«, versicherte Dennis und zwinkerte Tries zu. »Wir leihen ihn uns nur.«
Kim klappte den Kasten auf. Ein Pferdchen und zwei winzige bunt bemalte Kühe kamen zum Vorschein. Fast tat es Kim leid, dass sie ihr neues Zuhause so rasch verloren. Er legte die Tierchen aufs Kopfkissen und trug den Kasten erleichtert nach unten.
Ein paar Augenblicke später breitete sich atemlose Spannung in der Bibliothek aus. Lisa hatte Willie ausgiebig am Holzkasten schnuppern lassen, danach hatte sie den

Hund auf den Tisch gesetzt, vor die Tulpenzwiebeln. Hatten die Holztiere nicht nach Farbe gerochen? Konnte der neue Geruch den Tabaksgeruch im Kasten nicht überdeckt haben?

Konnte Willie überhaupt begreifen, was von ihm verlangt wurde?

Seine Krallen machten klack, klack auf der Tischplatte, als er mit kleinen, vorsichtigen Schritten an den Zwiebeln vorbei hin- und herlief und immer wieder fragend zu Lisa sah.

»Such, Willie«, sagte sie ruhig.

Willie beachtete die Zwiebeln kaum und schließlich legte er sich hin und rollte sich zusammen. Nur einmal noch schielte er durch den Fransenvorhang vor seiner Stirn, dann schloss er die Augen.

»Das war's dann wohl!« Maarten sprang auf. »Alles umsonst.«

Willem streckte die Hand nach seinem Kleinod, der *Swatten Swan*, aus.

Willie knurrte drohend. Vorsichtshalber zog Willem die Hand zurück. Alle standen jetzt auf, einige reckten und streckten sich, als hätten sie die ganze Zeit verkrampft am Tisch gesessen.

Griet kam herein und fragte, ob nicht endlich alle ins Bett gehen und vorher noch ihre Sorgen Gott anvertrauen

wollten. Gott war ja schließlich auch noch da, wenn es Probleme gab. Unversehens redete sie sich in eine längere Predigt über Gottvertrauen hinein, die alle nervte, die aber keiner zu unterbrechen wagte.
Kim fühlte sich davon nicht angesprochen, er schaute zum Tisch zurück und überlegte, ob sie die Zwiebeln einfach so liegen lassen sollten.
Willie war unbemerkt aufgestanden und hatte eine davon ins Maul genommen.
»Willie!«
Kim rannte zum Tisch. Kaum hatte er ihn erreicht, legte Willie die Zwiebel ab. Vorsichtig nahm Kim sie in beide Hände. Einer Eingebung folgend hielt er sie sich an die Nase und schnupperte. Um sich besser konzentrieren zu können, schloss er sogar die Augen, er wollte ganz sicher gehen. Es konnte ja auch Einbildung sein, was er wahrzunehmen meinte.
Die *Semper Augustus* roch ganz schwach nach Tabak.

Maarten ließ zur Feier des Erfolgs Genever kommen und winzig kleine Gläser verteilen. Selbst Griet verschmähte den Schnaps nicht, kippte ihn aber erst hinunter, nachdem sie noch eine Mahnung vor dem Teufel Alkohol ausgesprochen hatte. Kim hätte den Schnaps liebend gern abgelehnt, trank aber tapfer. Das Zeug brannte wie Feuer in der Kehle. Kein Wunder also, dass Lisa und Dennis nach dem scharfen Gesöff die Gesichter verzogen und sich heimlich schüttelten.

Inzwischen ging die Zwiebel von Hand zu Hand. Alle rochen daran und jeder nahm diesen feinen, zarten Duft wahr, den Duft von Tabak. Wenigstens behaupteten sie das. Neue Zuversicht machte sich bei allen breit. Dabei befanden sie sich nur am Anfang neuer Schwierigkeiten. Eine der größten bestand darin, trotz der vernichtenden Nachrichten aus Haarlem einen vermögenden zahlungswilligen Käufer für die *Semper Augustus* zu finden. Für eine andere unerwartete Schwierigkeit sorgte Willem, als er zaghaft erklärte, dass er ihre *Swatte Swan* auch gern anbieten würde. Die *Swatte Swan*, rief Maarten entgeistert, würde der *Semper Augustus* aber Konkurrenz machen, so viel sei sicher. Hatte gerade noch so etwas wie Zusammenhalt geherrscht, bildeten sich jetzt unverhofft zwei Lager: die beiden Weberskinder Willem und Swantje gegen die ganze van de Bos-Bande. Und die beiden hatten die bessere Karte in der Hand. Glaubten sie wenigstens.

»Ihr schafft das nie, eure Tulpe auf den Markt zu bringen«, verkündete David. »Euch glaubt sowieso keiner, dass ihr eine schwarze Tulpe habt. Damit fängt euer Problem schon an.«

Willem hatte das Blatt mit der ungeschickten Malerei herausgekramt. Kim fand die schwarze Tulpe immer noch außerordentlich hässlich.
»Mit so einer Abbildung kommt ihr wirklich nicht weit.«
»Doch, das werden wir«, sagte Willem und schob trotzig das Kinn vor.
»Maarten?« David wandte sich an seinen Vetter. »Das schlägt in dein Fach.«
Maarten winkte unwillig ab.
»Was soll denn das jetzt? Ich dachte, es geht hier um unsere …«
»Ja, eben!« David wirkte auf einmal ungewöhnlich aufgekratzt. »Ich hab mir grad was überlegt. Wir bringen unsere und Willems Tulpe in dieselbe Auktion ein.«
»Du bist verrückt«, sagte Maarten verächtlich. »Vollkommen verrückt.«
»Ach, Maarten«, meldete sich Lisa, »lass ihn doch wenigstens erklären, was er sich gedacht hat.«
»Wir brauchen eure Hilfe nicht«, wehrte Swantje würdevoll ab, »wir kommen schon allein zurecht.«
Die ganze Zeit hatte David abwechselnd sie und Willem von der Seite angesehen, als würde er prüfen, wie weit er gehen oder wie weit er ihnen trauen konnte. Offensichtlich hatte er etwas ausgebrütet, mit dem die Weberskinder vielleicht nicht einverstanden sein würden.

»Kommt ihr nicht«, sagte er bündig, »und wir auch nicht. Aber zusammen könnten wir es schaffen. Voraussetzung ist aber, dass wir eine sehr überzeugende Abbildung eurer schwarzen Tulpe haben. Und deshalb frag ich dich, Maarten, ob du …«

Kim war leise aufgestanden und verließ unbemerkt die Bibliothek. Seine eigenen Sorgen trieben ihn hinaus. Denn er konnte und wollte sich immer noch nicht damit abfinden, dass ihnen der Weg in ihre eigene Zeit für immer versperrt sein sollte.

Eisig kalt wurde ihm bei dem Gedanken, trotz aller Freundlichkeit, die er hier erfahren hatte. Die Fremdheit ließ sich doch nicht abschütteln, von Zeit zu Zeit überfiel sie ihn wie ein Kälteschauer. Jetzt war es wieder so weit. Und deshalb stieg er in den ersten Stock hinauf und ging in das große, von sanftem Lampenlicht erhellte Zimmer, in dem sich der einzige Mensch befand, der ihm vielleicht aus der Misere helfen konnte. Der einzige mit dem Schlüssel für die richtige Zukunft.

Abraham lag genau so da, wie er ihn zuletzt gesehen hatte. Der Mund stand offen, die Kinnlade war herabgesackt. Die großen reglosen Hände erschienen faltig und knochig. Es war still im Raum – zu still. Auf einmal begriff Kim, was diese Stille zu bedeuten hatte: Abraham atmete nicht mehr.

Schwäche überwältigte Kim und ließ ihn auf die Bettkante sinken. Wie sollte er das nur den anderen sagen? Hatten sie nicht schon genug Kummer und Sorgen? Sie alle hingen an Abraham, es würde sie schwer treffen, wenn sie erfuhren, dass er unbemerkt hier oben gestorben war. Armer Abraham.

Kim stützte den Kopf in die Hände, selbst von Trauer überwältigt.

Ein Husten erschütterte das Bett.

Jemand stöhnte laut.

Ungläubig wandte Kim den Kopf.

Abraham schmatzte, er holte tief Luft und schnarchte drauflos. Geradezu lieblich erschienen Kim diese Töne, er zählte sie und machte in Gedanken jeden Atemzug mit. Es war ihm, als müsste er dem großen ungeschlachten Körper beim Atmen helfen. Alle zehn, zwanzig Züge gab es einen Aussetzer, mal kürzer, mal länger, jedes Mal erschrak Kim fast zu Tode.

Er musste Abraham aufwecken, ihn zum Reden bringen. Als er aufstand, um ihn wach zu rütteln – möglichst sanft natürlich – trat Tante Griet ins Zimmer, ein leise weinendes Kind auf dem Arm, dem sie sanft auf den Rücken klopfte.

»Nein, das brauchst du nicht«, pfiff sie Kim an, »ich wache hier. Bin nur eben weg, weil der Kleine geschrien hat.«

Tante Griet erinnerte ihn mehr und mehr an Großtante Betty, beide hatten die gleiche poltrige Art. Auch wenn die kleineren Kinder anscheinend an Griet hingen und sie zu ihnen zärtlich und fürsorglich war, die größeren hatten bei ihr wenig zu lachen. Lachen war für Abrahams Schwester ja ohnehin *unchristlich*. Kim musste sich eingestehen, dass es in dieser wie in seiner Welt jemanden gab, der ihn ständig nervte: Griet oder Betty, das war fast ein und dasselbe.

»Hier bist du!« Lisa streckte den Kopf zur Tür herein und überflog blitzschnell mit einem Blick nicht nur den Raum, sondern auch Tante Griet, das Kind und den kranken Mann. Flüchtig runzelte sie die Stirn und wandte sich dann an Kim. »Willst du mit? Aber du brauchst nicht, du kannst auch schlafen gehen. Ich wollte dir nur Bescheid geben.«

Es hatte keinen Zweck mehr, zu bleiben, wo Griet mit Argusaugen über ihren Bruder wachte. Sie würde nicht dulden, dass er ihn aufweckte. Das Kind hatte sie neben ihn gelegt, es lutschte nun am Daumen und schloss friedlich die Augen. Sorgsam deckte sie es zu.

»Geht nur!«, sagte sie schroff und zog sich einen Stuhl ans Bett.

Auf dem Weg hinunter berichtete Lisa, dass Maarten einen Maler aufsuchen und ihn überreden wolle, ein bes-

seres Bild der schwarzen Tulpe zu malen. Sie sagte das mit so leuchtenden Augen, dass Kim augenblicklich beschloss, sie auf keinen Fall mit Maarten allein losziehen zu lassen.
»Warum will er das tun? Er arbeitet doch damit gegen seine eigenen Interessen. Die *Swatte Swan* wird die *Semper Augustus* auf der Auktion ausstechen.«
»Frag David danach, er hat die Sache ausgeheckt. Wir hoffen, dass sie funktioniert.«

David kam auch mit. Und Dennis, Saskia und Willem.
»Was ist aus diesem Klaas van Winkel geworden?«, fragte Kim.
Saskia grinste. »Der schläft. Der ist so voll mit Genever, dass er vor morgen Mittag kaum aufwacht. Und wenn, werden ihn die Kopfschmerzen im Bett festnageln. Der kommt uns nicht in die Quere.«
Es wurden Wollkappen mit herunterklappbaren Ohrenschützern, lange Schals und eine Art Holzkufen verteilt. Sie waren vorn gebogen, hatten Querstreben und Ösen, von denen Lederbänder herabbaumelten. Alle nahmen sie gleichmütig entgegen und hängten sie sich mit den zusammengeknoteten Bändern um den Hals.
Nur Dennis murmelte unglücklich: »Die sehen seltsam aus. Ich hoffe, ich kann mich auf den Dingern halten.«

»Du kannst hierbleiben«, sagte Lisa knapp und händigte Kim ein Paar dieser Kufen aus.
Er kam nicht mehr dazu, nachzufragen, was er sich da um den Hals hängen sollte, denn jetzt stürmten alle hinaus, schnurstracks auf die Gracht zu.
Kim beobachtete erst einmal, was die anderen machten. Im Handumdrehen schnallten sie sich die Kufen unter die Stiefel.
»Du musst sie ganz fest binden«, wies ihn Maarten an. »Und beeil dich, wir haben heute Nacht noch so einiges vor. Wenn du nicht mithalten kannst, bleib lieber hier.«
Willie kam bellend aus dem Haus gerannt, Lisa fing ihn ab, hob ihn hoch und stakste auf den Kufen vorsichtig aufs Haus zu.
»Wir können ihn nicht mitnehmen, er würde auf dem Eis ausrutschen.«
»Auf dem Eis?«, fragte Kim verblüfft und langsam meldete sich Beklemmung. »Wir gehen übers Eis?«
»Wir laufen übers Eis. Wir laufen Schlittschuh. Kapiert?«
Besorgt sah Kim auf die schmalen Kufen, die er immer noch in der Hand hielt. Auf den Dingern übers Eis? Eine verrückte Idee.
Swantje war in der Tür aufgetaucht und ließ sich Willie in den Arm legen. Sie blieb also im Haus, und einen Augen-

blick dachte Kim an die verlockende Möglichkeit, sich ihr anzuschließen. Aber sie beachtete ihn gar nicht. Seufzend wandte er sich der Gracht zu. Bestimmt würde er sich auf dem Eis den Hals brechen.

Der Angriff

Dass Eis so glatt sein konnte! Glatt, kalt und hart. Kim war gleich in den ersten Minuten zweimal gestürzt und hatte sich mühsam mithilfe von Lisa und Maarten wieder aufgerichtet. Als Nächster setzte Dennis sich auf den Hintern und weigerte sich wieder aufzustehen, weil er glaubte sich etwas gebrochen zu haben.

»Quatsch«, sagte David grob, »auf deinen Hintern fällst du weich, kann gar nicht anders sein. Dir fehlt garantiert nichts.« Unbarmherzig zerrte er Dennis hoch.

Dennis schlotterte und sah höchst unglücklich drein.

»Geh zurück«, forderte David bestimmt und Maarten nickte. »Wir können uns von dir nicht aufhalten lassen.« Dabei schielte er zu Kim hinüber.

Maarten hatte Lisa untergehakt und wandte sich bereits ab, um mit ihr davonzugleiten. Das gab Kim den nötigen Antrieb, nicht aufzugeben.

»Ja, Dennis, geh lieber zurück«, sagte er und versuchte auf den Beinen beziehungsweise Kufen zu bleiben.

»Aber ich will doch Rembrandts Werkstatt sehen, ihr könnt mich nicht zurücklassen«, wimmerte Dennis.
Lisa machte sich von Maarten los und glitt in einem Bogen zu ihm.
»Ich helfe dir, fass mich unter.«
Alle Niederländer liefen exzellent Schlittschuh, wurde Kim neidvoll klar. Und Lisa konnte mühelos mithalten. Gegen die anderen waren er und Dennis lahme Enten, aber ein Blick in Dennis' Gesicht zeigte ihm, dass dieser gar nicht daran dachte, aufzugeben. Einige Meter weiter schüttelte er seine Schwester ab und prompt kehrte Lisa an Maartens Seite zurück. Die ganze Bande glitt in der Dunkelheit davon und Kim machte sich auf wackeligen Beinen daran, ihr zu folgen.
Zunächst brauchte er seine ganze Aufmerksamkeit für diese Gleitkufen, die ein Eigenleben führten. Immer wieder hatte er das Gefühl, dass sich die Kufen und seine Beine, überhaupt alle seine Glieder ständig verhedderten. Es war widernatürlich, über gefrorenes Wasser zu laufen. Jeden Moment musste das Eis brechen und er würde versinken. Er spürte doch, wie es sich unter ihm bewegte. Eine Heidenangst hatte ihn gepackt, die aus seinen Beinen Wackelpudding machte.
Auf einmal zog Saskia eine weite Kurve, die sie an ihn heranführte.

»Du läufst, als ob du die Hosen voll hast. Nicht hackeln, gleiten!«, sagte sie streng und fasste ihn unter. »Aufsetzen, geradehalten. Das Gleiten kommt von ganz allein, du musst nur locker bleiben.«

Hatte die gut reden!

Wahrscheinlich war ihr das Schlittschuhlaufen angeboren. Es tröstete ihn wenig, zu sehen, dass sich Dennis auch nicht sonderlich geschickt anstellte. Lisa dagegen schwebte über das Eis. Sie mit Maarten als elegantes Paar vor sich zu haben spornte ihn mächtig an.

Als sich endlich ein Gefühl für die sonderbare Fortbewegung entwickelte, hatten sie ihr Ziel erreicht.

Direkt vor einem der kleinen Häuser im Jordaan-Viertel gingen sie vom Eis. Kim war vor Anstrengung in Schweiß gebadet.

Das Haus unterschied sich nicht sonderlich von den übrigen, es war schmalbrüstig und bescheiden. Aus dem Flur wehte ihnen der Geruch nach Terpentin entgegen. Ein Mann in den Dreißigern mit langem braunem Zottelhaar und einem Gesicht wie eine geräucherte Schweinebacke hatte ihnen die Tür geöffnet und guckte sie eulenhaft an.

»Was wollt ihr?« Er war in einen fleckigen Schlafrock gekleidet und sein Atem stank nach Genever.

»Wer ist das?« Kim hatte sich an Lisas Seite geschoben.

»Das ist Rembrandt!« Dennis sprach den Namen voller Ehrfurcht aus. »Der berühmteste Maler aller Zeiten.«
»Wirklich?«, fragte Kim skeptisch.
»Das wird er erst noch«, zischte Lisa, »in den nächsten zwanzig oder dreißig Jahren.«
Maarten hatte den Maler begrüßt, die beiden schienen sich gut zu kennen, aber trotzdem wollte Rembrandt sie zunächst nicht hereinlassen.
»Kommt morgen wieder«, sagte er missgelaunt. »Ihr stört mich.«
Aus dem Hintergrund hörten sie die quäkende Stimme einer Frau.
»Liebling, wo bleibst du? Mir wird kalt.«
»Du musst uns helfen«, redete Maarten beschwörend auf den Maler ein. »Es geht um Leben oder Tod.«
Verblüfft legte Rembrandt den Kopf schief. »Ach was! Das wäre mal was Neues, dass in einer Sache von Leben oder Tod ein Maler benötigt wird. Warum machst du's nicht selbst?«
»Wir brauchen den Besten«, sagte Maarten heiser.
»Ach nee!«
»Ja, wirklich«, flötete Dennis und stemmte sich gegen die Tür, die Rembrandt gerade schließen wollte. »Den Besten und Berühmtesten.«
»Soll das ein Witz sein?«

Dennis hielt dem stechenden Blick des Malers stand, legte die Hand aufs Herz und verneigte sich. »Ich verbeuge mich vor dem Meister.«
Laut aufstöhnend riss Rembrandt die Tür weit auf und winkte alle in sein Haus hinein. »Ich hoffe bloß, ihr zahlt auch anständig«, knurrte er.
Kim hielt Saskia fest, als sie sich an ihm vorbeidrängen wollte.
»Was soll das heißen, was Rembrandt gerade zu Maarten gesagt hatte? Was kann er selbst?«
»Malen, Maarten ist seit mehr als zwei Jahren Lehrling bei Rembrandt.«
Der Maler ließ sie vor der Tür seiner Werkstatt einen Augenblick warten, während er hineinging. Er schloss aber die Tür nicht schnell genug, sodass alle die schöne junge Frau sehen konnten, die sich nackt auf einem kissenüberhäuften Bett räkelte. Als sie all die auf sie gerichteten Blicke bemerkte, schrie sie auf.
»Ich glaube, das ist Saskia, seine Frau«, sagte Lisa.
»Du kennst Saskia?«, fragte Maarten erstaunt.
»Nur dem Namen nach«, antwortete Lisa. »Malt er sie oft?«
»Ständig.«
»Nackt!«, sagte die andere Saskia verächtlich. »Das ist sündig.«

Endlich ließ Rembrandt sie in seine Werkstatt hinein. Die Frau des Malers war verschwunden, aber auf einer Staffelei vor dem Bett stand das angefangene Bild von ihr.
Bevor Kim es betrachten konnte, hatte es Rembrandt mit einem Tuch verhängt.
»Schade!«, rutschte es Kim heraus.
Lisa musterte ihn abschätzend.
»Ich hätte sehr gern einmal ein Bild des berühmten Rembrandt gesehen«, fuhr Kim hastig fort.
»Glaub ich dir sofort«, sagte Lisa spöttisch.
Rembrandt wischte seine Pinsel an einem schmutzigen, mit Farbe verklebten Lappen ab.
»Also, was wollt ihr?«, fragte er bärbeißig. Offensichtlich bereute er schon bitter sie hereingelassen zu haben. »Was ist denn so dringend?«
Maarten ließ sich von Willem das Blatt mit den Tulpen aushändigen und erklärte Rembrandt, was er von ihm wollte.
»Raus!«, schnauzte Rembrandt. »Mach deine Witze woanders.«
Vergeblich redete Maarten auf ihn ein, Kim hatte nicht den Eindruck, dass Rembrandt ihm zuhörte.
»Ich mal keine Blumen! Wofür hältst du mich?«, schrie er immer wieder.

»Bitte!«, sagte Lisa leise, als gerade einmal eine winzige Pause eintrat. »Bitte, Meister Rembrandt.« Sie trat auf ihn zu, streifte dabei ihre Wollkappe vom Kopf und das Leinenhäubchen gleich mit. Ihre roten Locken wallten ihr auf die Schultern.
Rembrandt kniff die Augen zusammen, packte Lisa am Arm und zog sie näher an einen der brennenden Kerzenleuchter heran, die überall im Atelier verteilt waren.
»Was würdest du für diese Haare nehmen, Maarten?«, nuschelte er. »Hast du schon einmal so einen Rotton gesehen? Wie soll man ihn nennen? Und dann diese seidenglatte Haut!« Er hatte Lisa unters Kinn gefasst und drehte ihr Gesicht sacht hin und her. »Du wirst mir Modell sitzen, nicht wahr, meine Schöne?«, wandte er sich schmeichlerisch an sie.
»Nur unter einer Bedingung.« Sie trat einen Schritt zurück und funkelte ihn an. »Wenn Sie uns endlich ernst nehmen und die Tulpe für uns malen. Wir machen nämlich keine Scherze. Oder können Sie keine Tulpen malen? Und wenn nicht, was sind Sie dann überhaupt für ein Maler?«
Rembrandt lachte laut auf, schlug sich auf die Schenkel und schüttelte belustigt den Kopf. Von Rauswurf war jetzt nicht mehr die Rede. Er begann in seinem Atelier herumzustreifen, und zunächst war nicht klar, was er

vorhatte. Aber dann dämmerte es Kim. Der Maler hatte einen Napf mit Wasser zurechtgestellt, ein paar feine Pinsel aus einem Gefäß geklaubt, mit denen er durch die Luft wedelte, aus einer Lade einige bunte, matte Steine geholt und zuletzt zog er aus einer anderen ein Blatt Papier hervor. Schönes, dickes, weißes Papier.
Beim Anblick der Steine wurde Kim aufgeregt, denn er erkannte, um was es sich handelte. Es war gepresste Farbe, die zerrieben werden musste. Farbe für Aquarellmalerei. Die Chinesen waren die wahren Meister darin. Wie oft hatte er in Großvater Kaos Haus einem Maler bei der Arbeit zugesehen. Daher war er sehr gespannt darauf, was der Niederländer zustande brachte. An einen chinesischen Meister würde er natürlich nicht heranreichen.
»Also, gib mir das Blatt mit dieser grauenhaften Schmiererei.« Rembrandt streckte die Hand aus. »Wer hat die Tulpe blühen sehen?«
Eingeschüchtert trat Willem vor.
»Ich.«
»Ihr anderen reibt mir die Farben.«
Rasch waren die Farbsteine verteilt. Rembrandt gab Anweisungen, was sie damit machen mussten. Alle zerrieben eifrig die Steine zu ungeheuer feinem Pulver, während der Meister Willem Fragen über die *Swatte Swan* stellte. Wie waren ihre Blütenblätter geformt? Oben ein-

gebuchtet oder gleichmäßig aufstrebend wie eine Glocke oder ein Kelch? Welcher Glanz lag auf ihnen? Willem hatte Mühe, all die Fragen zu beantworten, er zermarterte sich sichtlich das Gehirn, um genau die richtigen Worte zu finden.

Und dann erstand die Tulpe auf dem weißen Blatt. Das Papier sog die Farbe auf, die Schicht um Schicht aufgetragen wurde, Rot und Blau zunächst, bis ein Violett entstand, wie es Kim noch nie gesehen hatte.

Aber war die Tulpe nicht schwarz?

Willem wurde zappelig, bis er es nicht mehr aushielt. »Sie ist aber doch schwarz«, wimmerte er. Aus seiner Hosentasche hatte er die Zwiebel hervorgekramt und drehte sie in seinen Händen. Rembrandt warf einen flüchtigen Blick darauf, nahm sie ihm ab und legte sie neben das Aquarellpapier.

»Schwarz, schwarz! Schwarz ist wie tot, weißt du das denn nicht?«, knurrte er und fragte ihn nach den zarten weißen Flammen aus.

Kim konnte nicht mehr hinsehen und rieb verbissen seine Farbe. Wenn die Tulpe nur durch das Schwarz etwas Besonderes war, was hatte es dann für einen Zweck, wenn Rembrandt eine violette malte?

Am Ende war sie schwarz. Nur wenn man das Blatt ein wenig stärker ins Licht hielt, zeigte sich eine Ahnung

von Lila in dem Schwarz, einem leuchtenden, schillernden Nachtschwarz, einem höchst kostbaren Schwarz.
Die Tulpe war atemberaubend! Mit ihren zarten weißen Flammen und diesem Hauch von Lila, das durch das Schwarz hindurchschimmerte. Der Stängel wuchs aus einer Zwiebel, die genau ihrem Vorbild glich. Unverkennbar Willems ein wenig schief gewachsene *Swatte Swan*. Rembrandt war ein Meister, selbst wenn das Blumenmalen eigentlich unter seiner Würde war.
»Wie schön!«, hauchte Lisa hingerissen.
Aufatmend nahm Willem seine Zwiebel wieder an sich. Rembrandt wirkte sehr zufrieden mit seinem Werk, auch wenn er das nicht zugab. Endlich rollte er das Blatt zusammen, schnürte ein Band darum und reichte das Ganze Maarten.
David nahm ihm das Aquarell ab, rollte es wieder auseinander und reichte es an Rembrandt zurück. »Der Name des Malers muss draufstehen.« Er deutete auf eine Ecke des Blatts.
»Verdammt und zugenäht, jetzt platzt mir aber endgültig der Kragen!«, fluchte Rembrandt. »Ich soll mit meinem Namen beurkunden, dass ich unter die Tulpenmaler gegangen bin? Bin ich blöd?«
»Ohne den Namen ist das Aquarell für uns nichts wert«, sagte David kalt und schob das Blatt beiseite.

Kim hielt die Luft an. War David verrückt geworden? Seltsamerweise schien sich Rembrandt geschmeichelt zu fühlen. Mit einem Ruck zog er das Blatt zu sich heran, tauchte einen Pinsel in die lila Farbe und setzte hackelig und schief seinen Namen in die Ecke des Aquarells, auf die Maarten gedeutet hatte.

»Und jetzt macht, dass ihr rauskommt. Trollt euch und kommt mir nie wieder mit so was.« Er deutete auf Lisa, die gerade ihre Haube und die Wollmütze wieder aufsetzte.

»Aber dich will ich hier in den nächsten Tagen sehen! Maarten, du bringst sie mit, und wehe nicht!«

»Natürlich, Meister«, murmelte Maarten erleichtert.

»Er will mich wirklich malen?« Lisa seufzte beeindruckt, sobald sie das Atelier verlassen hatten.

»Sicher, er braucht noch ein Modell für eine Dienerin in einer biblischen Szene, für die er einen Auftrag hat.«

Lisa als Dienerin? Das passt ihr bestimmt nicht, dachte Kim.

»Es wird mir eine Ehre sein, Rembrandt Modell zu stehen, ganz egal, als was«, erklärte Lisa jedoch ernst. »Ich werde in die Geschichte eingehen, in die Kunstgeschichte«, fügte sie leise und aufgeregt nur für Kim und Dennis hinzu. »Jeder wird mich auf einem echten Rembrandt bewundern können, bis in alle Ewigkeit.«

»Nur, wenn du für immer hierbleibst«, bemerkte Dennis spöttisch. »Am besten nimmst du eine Stellung bei ihm an – zum Beispiel als Küchenmagd. Dann kannst du ihm in deiner Freizeit Modell sitzen. Nächstes Jahr malt er dich bestimmt auch splitterfasernackt.«

»Dummkopf.«

Sie traten vors Haus, gingen zur Gracht und schnallten wieder ihre Schlittschuhe unter.

»Und wohin jetzt?«, erkundigte sich Kim und setzte vorsichtig den Fuß aufs Eis.

»Jetzt werden wir ...« Maarten stockte.

Drei Männer waren auf dem Eis. Blitzschnell glitten sie heran.

»Der Kleine, da!«, rief einer von ihnen. Sie umringten Willem, der als einer der Ersten auf dem Eis stand, und dann schrie der Junge auf.

»Meine Tulpe!«

Ja, da flog etwas durch die Luft, fiel aufs Eis und rutschte davon.

»Schnappt sie euch«, brüllte David und kurvte los. Bevor er die *Swatte Swan* erreichen konnte, wurde er von einem der Männer angerempelt. Aber dem gelang es auch nicht, die Zwiebel aufzuklauben, ungeschickt hatte er sie angestoßen, sodass sie weitertrudelte.

Alle setzten ihr nach.

Mit Staunen sah Kim, dass Dennis immer wagemutiger über das Eis glitt und geradezu tollkühn versuchte den Männern in die Quere zu kommen. Kim spähte zwischen den vielen wirbelnden Beinen auf dem Eis umher.

Wo war die Zwiebel geblieben?

Es war seltsam hell draußen, aber er hatte keine Zeit, sich über die Quelle des Lichts Gedanken zu machen.

Etwas glitt heran und vorbei, prallte von einem Schuh ab und sauste in eine andere Richtung davon.

Und wenn jetzt jemand über die Zwiebel fuhr und sie zerquetschte?

Einer der Männer flitzte an ihm vorüber und ein seltsames Gefühl des Wiedererkennens überkam ihn, obwohl der Mann die untere Gesichtshälfte wie ein Räuber mit einem Tuch vermummt hatte.

Das Eis bewegte sich immer heftiger und begann gefährlich zu knacken. Unter Kims Kufen zeigte sich ein Riss. Der Mann beschrieb eine enge Kurve, steuerte auf ihn zu und dann entdeckte Kim die Zwiebel.

Sie glitt direkt auf ihn zu.

Auf ihn und den Riss.

Der Riss wurde größer.

Wie aus weiter Ferne hörte er Lisa schreien.

Ganz von allein scherten Kims Beine auseinander. Er erwischte die Zwiebel mit einer Kufe und kickte sie seitwärts davon, während unter ihm der Riss aufklaffte. Dunkles Wasser quoll daraus hervor.

Das Wasser musste eiskalt sein und finster wie ein Grab. Aber da kam das Ende eines Schals geflogen, er griff danach, spürte einen Ruck und schon war er über den Riss hinweggeglitten.

Hinter sich hörte er ein Aufplatschen.

David lief jetzt neben ihm, das andere Ende des Schals in der Hand. »Dreh dich nicht um, wir haben die Zwiebel. Und die drei Halunken sind jetzt erst einmal mit sich selbst beschäftigt.«

Eine Weile liefen sie weiter, aber dann hielt Maarten an einer der vielen Brücken an. Aufatmend blieb auch Kim stehen und schaute wie die anderen zurück. Niemand verfolgte sie.

»Wer war das?«

»Zwei kannte ich nicht«, antwortete David, »aber der dritte, der ins Loch gefallen ist, war de Hooge aus dem Duivelskopp. Den hast *du* uns auf den Hals gehetzt. Du hättest die *Semper Augustus* nicht erwähnen dürfen«, fuhr er heftig fort.

Wahrscheinlich hatte David nicht einmal unrecht. De Hooge musste ihnen zu Abrahams Haus gefolgt sein und dann Kim und Dennis zu Willems. Kim erzählte von dem Mann hinter dem Baum und dann reimten sie sich nach und nach den Rest zusammen. Durch die Tür in den Hof an Willems Haus drang bestimmt jeder Laut nach draußen. De Hooge hatte wahrscheinlich alles belauscht, was sie vor Willems Elternhaus geredet hatten, und war ihnen schließlich bis in den Hof nachgeschlichen. Das hieß, er wusste auch von der *Swatten Swan*.

»War jetzt alles umsonst?«, fragte Saskia besorgt.

»Was habt ihr denn überhaupt vor?«, erkundigte sich Kim. »Kann mir das mal einer verraten?«

Maarten betrachtete ihn abschätzend. »Am besten könnte das David, aber der hat noch eine Stinkwut auf dich, wie ich sehe. Deshalb versuch ich's. Wir müssen uns morgen an einer Auktion beteiligen. Wir haben uns jetzt auf den Duivelskopp geeinigt, weil dort samstagmorgens bisher immer welche stattfanden. *Floristen* werden auf alle Fälle dort herumhängen. De Hooge hat von einem Angebot gesprochen, das er Vater unterbreiten wollte. Nur werden wir mit einem besseren kommen. Dazu gehören die *Semper Augustus* und die *Swatte Swan*. Aber ohne zahlungskräftige Käufer nützt es uns gar nichts. Die *Floristen*, die nur mit Schuldscheinen handeln, können wir vergessen.« Maarten wollte wieder losfahren.

»Warte«, flehte Kim. »Gib mir wenigstens eine Chance, das mit den Schuldscheinen zu verstehen. Dein Vater hat die *Semper Augustus* doch auch mit Schuldscheinen bezahlt.«

»Ich erklär's ihm. Ich will nicht bis morgen früh noch hier stehen«, mischte sich David ein. »Also hör genau zu. Stell dir vor, ein Mann kauft eine *Viceroy* für dreitausend Gulden. Er hat aber gar keine dreitausend Gulden. Deshalb stellt er einen Schuldschein aus, auf dem steht, dass er das Geld in einer Woche bezahlen wird. Nach drei Tagen verkauft er die Zwiebel wieder für dreitausendfünfhundert. Er kann bezahlen und hat fünfhundert Gewinn gemacht.«

»Schnelles Geld. Klingt gut«, murmelte Dennis.

»Das ist gut, solange die Preise steigen. Wenn aber nicht, sieht es anders aus. Die meisten *Floristen* haben längst ihre Häuser, ihre Werkzeuge und alles, was sie besitzen, für die Tulpen verhökert. Es ist nichts mehr da außer den Tulpen. Und wenn einer den Schuldschein nicht mehr bezahlen kann, weil die Preise fallen, dann ...«

»Bricht alles zusammen«, ergänzte Kim. »Und in eurem Fall wärt ihr das Haus und alles, was ihr besitzt, los.«

»So ist es«, sagte David grimmig. »Wir brauchen Leute mit Geld. Mit vielen harten Goldgulden. Und genau diese Leute müssen wir heute Nacht noch aufsuchen.«

Kim kam das Ganze immer noch merkwürdig und wenig verständlich vor. »Und was ist mit de Hooge?«

Maarten zuckte die Schultern. »Er hat die Zwiebel nicht und nur darauf kommt es an.«

Willem untersuchte die *Swatte Swan* sorgfältig, alle schauten dabei zu, wie seine Finger sie abtasteten, sie drehten und wendeten. Schließlich seufzte er erleichtert.
»Ich glaube, sie ist in Ordnung.«
»Dann steck sie bloß weg und lasst uns endlich weiterfahren«, sagte Saskia entschieden.

Das Haus des Portugiesen

Das Haus lag an der Keizersgracht, es war eines von den prachtvolleren. Sie standen davor, die Schlittschuhe um den Hals, und traten von einem Fuß auf den anderen. Einer musste jetzt den Türklopfer betätigen, aber niemand rührte sich.

»Hübsches Haus«, bemerkte Kim, um die Anspannung zu lockern, die er bei den anderen verspürte. »Könnte allerdings etwas größer sein.« Er versuchte die Frontbreite abzuschätzen.

»Nein«, sagte Maarten. »Breiter als acht Meter ist nicht erlaubt. Wir haben nicht so viel Platz hier in der Innenstadt, deshalb ist die Größe der Häuser beschränkt. Verstehst du? Jeder, der sich überhaupt ein Haus an einer der Hauptgrachten leisten kann, soll auch den Platz dafür erhalten.«

»Amsterdam ist in den Sumpf gebaut, auf Holzpfähle wie Venedig«, ergänzte Saskia mit brüchiger Stimme.

»Na schön, und was nun? Wen besuchen wir jetzt überhaupt?«
»Francisco da Costa, er ist Portugiese, lebt aber schon recht lange hier«, antwortete Maarten mit einem schiefen Grinsen, das all seine Unsicherheit verriet, und klopfte endlich.
An ihren besorgten Mienen erahnte Kim, dass der Portugiese kein umgänglicher Mensch war. Aber er musste ein Kenner und Liebhaber von Tulpen sein, nur deshalb waren sie hier. Würde Francisco da Costa so verrückt sein, sie zu derart später Stunde zu empfangen?
Zunächst wurde nur Maarten ins Haus gelassen, aber es dauerte nicht lange, bis die Tür wieder aufging und alle hineindurften. Im Haus herrschte Totenstille. Der Diener, der mit einem Leuchter voranging, trat so leise auf, dass nicht ein Laut zu hören war. Stumm öffnete er eine Tür, winkte ihnen einzutreten und schloss sie dann geräuschlos hinter ihnen.
Der Raum war groß, hoch und vollgestellt mit Bücherregalen, die bis zur Decke reichten. Auf einem mächtigen Tisch prangte ein farbenfroher Teppich und mitten darauf stand ein siebenarmiger Leuchter mit brennenden Kerzen. Nicht weit davon, in der Nähe eines Fensters, befand sich ein Stehpult mit einem aufgeschlagenen Buch, auf dessen Seiten noch genug Licht fiel, um lesen zu kön-

nen. Die Mitte einer Wand nahm ein Prunkkamin ein, in dem ein fast erloschenes Feuer knisterte. Daneben stand auf einer Seite unbeweglich und starr wie ein Wachsoldat ein Diener.

Ein mächtiger Lehnstuhl war dicht an den Kamin herangerückt. Jemand, der ihnen den Rücken zukehrte, saß darin und starrte in die Glut. Weder sagte er etwas zu ihnen noch erhob er sich, um ihnen entgegenzugehen.

Nachdem sie sich stumm miteinander verständigt hatten, durchquerten sie den Raum, bis sie dem Mann gegenüberstanden.

»Einer von euch ist Maarten van de Bos, hat man mir gemeldet«, sagte da Costa schleppend und hob unmerklich die langfingrige, blasse Hand, die auf einer Armlehne ruhte. Sofort bückte sich der Diener und legte ein Holzscheit nach.

Maarten trat ein wenig vor und verbeugte sich unsicher. Unsicher, weil Francisco da Costa nicht aufsah.

»Ja, Meneer da Costa.«

»Du bist nicht allein gekommen.«

»Mein Vetter David und meine Schwester Saskia ...«

Diesmal hob sich die Hand ein winziges Stück mehr und Maarten verstummte verwirrt.

»Ihr stört die Sabbatruhe.«

Der Vorwurf ließ Maarten zusammenzucken.

Kim sah Dennis fragend an. Was hatte das zu bedeuten?
»Er muss Jude sein«, wisperte Dennis.
Hatte da Costa ihn gehört? Sein Gesicht verriet es nicht. Es war ein schmales Gesicht, aus dem die leicht gebogene Nase weit hervorsprang. Dunkle, gerade Brauen beschatteten die Augen, über denen schwere Lider lagen, halb geschlossen. Der Mann strahlte Vornehmheit aus und – Kälte. Als Kim dieses Gesicht genau betrachtete, hatte er das Gefühl, die Temperatur im Raum würde um ein paar Grad sinken.
»Oh, das tut uns leid, das haben wir dummerweise nicht bedacht. Aber wir stören Sie nicht ohne Grund und werden uns sofort zurückziehen, wenn Sie es wünschen«, stotterte Maarten.
»Ohne den Grund zu verraten? Das wäre doppelt unangemessen«, sagte Francisco da Costa kühl. Er machte es ihnen nicht gerade einfach. »Schickt euch dein Vater? Ist das Schiff zurück?«
»Nein, und wir kommen nicht deswegen. Sondern wegen einer Tulpenauktion morgen Vormittag, wir werden eine *Semper Augustus* …«
»Das will ich nicht hören«, fiel ihm da Costa schneidend ins Wort.
Maarten schwieg bedrückt und ließ die Schultern sinken. Die Geste da Costas, die seine Bemerkung begleitete, war

eindeutig: Sie sollten verschwinden. Schon öffnete sich die Tür, als hätte der andere Diener gelauscht.
»Mädchen sollten nachts nicht außer Haus sein«, fuhr da Costa missbilligend fort, »ihr Christen wisst nicht, was sich schickt. Ich werde euch einen bewaffneten Knecht für den Weg nach Hause mitgeben.«
»Danke, aber den brauchen wir nicht«, stieß David hervor, »wir gehen noch nicht nach Hause, sondern nach Heemstede.«
»Nach Heemstede wegen einer *Semper Augustus*«, sagte da Costa langsam.
»Vor allem aber wegen der *Swatten Swan*«, warf Kim laut ein. »Der schwarzen Tulpe.« Die ganze Zeit schon hielt Maarten das Aquarell in der Hand. Kim nahm es ihm ab und löste das Band, sodass sich das Blatt entrollte.
Da Costa reagierte nicht. Sollten sie jetzt doch gehen? Maarten blieb unschlüssig stehen. Saskia wandte sich bereits zur Tür. Lisa schob sich hastig neben Kim.
»Zeig sie ihm.«
»Es gibt keine schwarze Tulpe«, sagte der Portugiese verächtlich.
»Es gibt eine einzige schwarze Tulpe«, widersprach Kim fest, »diese hier. Die *Swatte Swan*.« Er hielt das Blatt hoch.
»Du weißt nicht, was du redest, Junge. Wie lange bist du in diesem Land? Ein Jahr, zwei Jahre? Ich weiß alles über

Tulpen, ich züchte sie seit beinahe zwanzig Jahren. Es gibt keine schwarze Tulpe und es wird nie eine geben.«

»Aber sie hat doch geblüht. Ich hab es selbst gesehen.« Schluchzend zog Willem seine Zwiebel aus der Tasche und hielt sie da Costa auf der flachen Hand hin. »Hier, das ist sie.«

Der Diener am Kamin glitt zu ihnen, nahm Kim das Blatt ab und Willem die Zwiebel und hielt beides vor seinen Herrn. Kim musste schon sehr genau hinsehen, um die Augenbewegungen in dem unverändert starren Gesicht mitzubekommen. Nur ein einziges Mal zuckte da Costa mit den Brauen, als sein Blick auf den Namenszug Rembrandts fiel.

»Ein hübsches Bild«, murmelte er schließlich spöttisch, »hübsch fantasievoll. Ich wünsche euch Glück für eure Auktion morgen.«

»Im Duivelskopp, um elf«, nuschelte Kim, »nur, damit Sie's wissen.«

Da Costa sah hochmütig an ihm vorbei. Kim hatte verstanden, die Unterredung war beendet. Er drehte sich um und in diesem Moment loderte das Holzscheit im Kamin auf und Kim erhaschte ein seltsames Aufblitzen. Woher kam das? Er bückte sich, als ob er an einem Stiefel etwas zu richten hätte, und spähte zum Kamin. Äußerst unauffällig war unterhalb der marmornen Umrandung in einer

Ecke ein kleiner gewölbter Spiegel angebracht. Da Costa saß so, dass er den Raum im Spiegel sehr genau beobachten konnte. Dieser alte Fuchs, dachte Kim anerkennend und richtete sich wieder auf. Er hat uns die ganze Zeit nicht aus den Augen gelassen, während er so tat, als würde er gelangweilt ins Feuer gucken.
Der Diener hatte auf einen Wink da Costas das Aquarell und die Zwiebel zurückgegeben und nun waren sie wirklich entlassen. Der Portugiese war längst wieder in sein stilles Brüten versunken.

»Was für ein unangenehmer Mensch«, stöhnte Lisa auf. Sie standen vor dem Haus, dessen Tür sich hinter ihnen geschlossen hatte, und atmeten tief die kalte Luft ein, als könnten sie sich so den Kopf durchlüften und ihre Beklemmungen loswerden.
David spähte nach rechts und links und schließlich zur Gracht, wahrscheinlich um zu sehen, ob ihnen wieder jemand auflauerte. Aber sie waren die Einzigen draußen.
»Wir hätten an den Sabbat denken müssen«, sagte Maarten.
»Hinterher kann man immer gut reden«, meinte David ungerührt und ging zur Gracht. Kim folgte ihm.
»Tulpenliebhaber hab ich mir anders vorgestellt, mehr wie deinen Onkel Abraham.«

»Es gibt halt solche und solche. Ich hoffe, dass wir beim Nächsten mehr Erfolg haben.«

»Und was hat das mit dem Sabbat auf sich?«

David sah ihn schräg von der Seite an.

»Du weißt über Juden nicht gut Bescheid, was? Der Sabbat ist ihr Feiertag, er dauert von Sonnenuntergang am Freitag bis zum Sonnenuntergang am Samstag. Und in dieser Zeit sind jegliche Arbeiten und alle Geschäfte verboten. Auch das Reden darüber.«

»Selbst Hausarbeit?« Kim dachte an den Diener, der Holz aufgelegt hatte.

David grinste und stieß sich vom Rand ab, um aufs Eis zu gleiten. »Dafür hat da Costa seine christlichen Dienstboten. Kommt jetzt, auf nach Heemstede. Wer nicht mitwill, kann zurücklaufen.«

Dazu war keiner bereit, obwohl alle inzwischen hundemüde waren.

Die erste Viertelstunde sahen sie sich immer wieder um und spähten nach Verfolgern aus. Nur ganz allmählich ließ die Wachsamkeit nach.

»Vollmond!« Dennis deutete nach oben. »Genau wie letztes Mal.«

Kim verstand nicht, was er meinte, es interessierte ihn auch nicht wirklich. Vor ihm fuhr Lisa, die von Maarten wieder untergehakt worden war. Auf einmal löste sie sich aus Maartens Arm und kam in einer eleganten Kurve zu ihm. Wie selbstverständlich hakte sie sich nun bei ihm ein.

Kim durchfuhr ein Glücksgefühl.

»Es ist Vollmond«, sagte auch sie.

Jetzt erst nahm Kim den Vollmond richtig wahr, der ja in Wirklichkeit schon seit Stunden scheinen musste. Selig flitzte er mit Lisa dahin, während die vom Geisterlicht des Mondes angeleuchteten schlafenden Häuser an ihnen vorbeizogen. Wie wunderbar und traumhaft auf einmal alles war! Die Kälte biss ihn in die Wangen, aber auch das war großartig. Solchen Spaß, ging ihm auf, hielt also der Winter in Nordeuropa bereit. Das hatte er nicht erwartet.

»Ja, ist das nicht toll?«

Es war ihm inzwischen egal, wohin sie fuhren. Wenn es nur noch eine Weile so weiterging, mit Lisa an seiner Seite.

Maarten fuhr rückwärts und kurvte in großen Schwüngen vor ihnen her. Angeber, dachte Kim und nahm sich vor bei nächster Gelegenheit selbst das Rückwärtsfahren auszuprobieren. Auch der sonst so ungelenke David fuhr rückwärts, nur zum Spaß. Er juchzte auf, pfiff gellend und gab damit die Stimmung wieder, die sie alle erfasst hatte.

»Wie weit ist es noch?«, rief er über das Eis zu niemand Bestimmtem.
»Zehn Meilen!«, antwortete Maarten.
Zehn Meilen! Kim bemerkte, dass Dennis vor Schreck langsamer wurde.
»Jetzt habt ihr euch warm gelaufen«, fuhr Maarten fort, »dann können wir ja einen Zahn zulegen.« Er drehte sich um und hatte im Nu etliche Meter Vorsprung gewonnen.
»Schaffst du das?«, fragte Lisa besorgt.
»Klar«, sagte Kim zuversichtlicher, als ihm zumute war.
»Dann lass ich dich jetzt los, sonst behindern wir uns gegenseitig.«
Dummkopf, schalt sich Kim, warum hast du bloß die Schnauze so weit aufgerissen? Mit einiger Mühe konnte er sich in der nächsten halben Stunde so gerade noch an Lisas Seite halten, aber schließlich verlor er sie. Mühelos schloss sie zu Maarten auf, der an der Spitze fuhr.
Schön blieb es trotzdem. Das Eis sang unter den Kufen. Amsterdam hatten sie inzwischen hinter sich gelassen, sie glitten über Kanäle, an denen rechts und links kleine geduckte Bauernhäuser auftauchten und ab und zu eine Windmühle, die ihre Flügel starr und stumm in den blauschwarzen Himmel reckte. Die Sicht war selbst bei Nacht meilenweit und das Land flach wie ein Pfannkuchen. Immer mehr hatte Kim das Gefühl, mitten in einem zauber-

haften Traum zu stecken. An die Wirklichkeit erinnerten ihn nur seine Beine, die langsam schwerer wurden. Und die Kälte, die aus dem Eis in die Füße kroch. Seine Zehen waren schon so taub, als hätte er gar keine mehr.
Als Kim glaubte, kaum mehr weiter zu können, wurde Maarten langsamer und zog eine Schleife.
»Wo ist Dennis?«
Ja, wo war Dennis?
Erschrocken blickten sich alle um.
Dennis war nicht mehr hinter ihnen.
»O Gott!«, schrie Lisa auf. »Ich fahr zurück.«
Rasch glitt ihr Maarten in den Weg und hielt sie fest.
»Wer hat ihn zuletzt gesehen?«
Keiner antwortete.
Schuldbewusst gestand sich Kim ein, nur noch auf sein eigenes Fortkommen geachtet zu haben.
In der Stille hörten sie das Eis knacken. Es war ein ganz furchtbarer Laut. Lisa war wieder zu Kim gelaufen und klammerte sich jetzt an seinen Arm.
»Und wenn er eingebrochen ist? Oder in ein Loch gefallen? Kim, wie konnte ich ihn nur vergessen?« Sie schniefte, als wenn sie gleich in Tränen ausbrechen wollte.
Kim antwortete nicht. Genauso gut wie Dennis hätte *er* in ein Loch geraten können, dachte er grämlich, Lisa hätte auch das nicht bemerkt.

»Ich fahr zurück«, sagte Saskia gleichmütig. »Ich find ihn schon, ihr braucht nicht zu warten.«

»Entweder alle oder keiner«, sagte Kim resolut, »wenn ihm was passiert ist, kannst du ihm allein vielleicht nicht helfen.«

»Ich kann mitkommen«, sagte Willem ängstlich.

Niemand rührte sich. Es krachte in Ufernähe, das Geräusch hallte überlaut in den Ohren, als wollte ihnen das Eis begreiflich machen, wie gefährlich es war.

Unwillkürlich stellte sich Kim vor, wie Dennis mitten in einem schwarzen Loch steckte und vergeblich versuchte herauszukommen. Ihn schauderte.

Würde Dennis eher ertrinken oder erfrieren? Langsam, unmerklich bewegten sich Kims Kufen. Zurück!, schienen sie zu befehlen.

»Warte!«, rief David.

Ein Vogel schrie in der Dunkelheit.

Welcher Vogel war denn nachts unterwegs? Eine Eule? Es klang nicht nach einer Eule.

Ein langgezogenes »He!« wehte zu ihnen.

»Halt sie fest!«, schrie David, als Lisa losstürmen wollte. Kim konnte sie gerade noch erwischen.

»Lass mich!«

Augenblicklich kam Maarten Kim zu Hilfe und packte Lisas anderen Arm.

»Spar dir deine Kräfte für den Rückweg«, sagte er rau.
David und Saskia begannen zu johlen, immer lauter und zuversichtlicher kam die Antwort.

Als endlich eine kleine, dicke Gestalt erschien und größer und größer wurde, winkte Saskia so auffällig wie möglich mit den Armen. Alle machten es ihr nach. Auf den letzten Metern wurde Dennis allmählich schneller.

Lisa fing ihn ab und fiel ihrem Bruder überglücklich vor Erleichterung um den Hals.

Dennis keuchte und presste beide Fäuste in die Seite. »Danke, dass ihr gewartet habt. Ich hatte einen Schlittschuh verloren, und dann war ich wohl zu langsam, als ich ihn endlich wieder festgeschnallt hatte. Wir können weiter.«

Behutsam machte er sich von Lisa los und fuhr mühsam wieder an.

Kim glitt an seine Seite und hakte ihn unter. »Ich glaub, wir zwei Luschen helfen uns am besten gegenseitig. Wir fahren so schnell, wie wir können, und basta. Sollen die anderen doch meckern.«

Dennis grinste erleichtert.

Aber niemand meckerte. Im Gegenteil! David klopfte Dennis anerkennend auf die Schulter. »Schön, dass du nicht die Nerven verloren hast. Jetzt ist es nicht mehr weit. Wir sind fast da.«

Eine Mauer tauchte am Kanal auf, an der sie eine ganze Weile entlangfuhren, bis Maarten alle zum Ufer winkte. »Den Rest machen wir zu Fuß.«
Sobald Kim die Schlittschuhe abgeschnallt hatte und die ersten Schritte machte, hatte er das Gefühl, das Gehen erst wieder erlernen zu müssen. Er konnte nur taumeln und knickte ständig ein.
Die Mauer bog vom Ufer in einem rechten Winkel ab. Nach etwa fünfhundert Metern erreichten sie ein Tor. Ein hohes verschlossenes Tor und es gab keine Glocke, die jemanden herbeirufen würde, der sie einlassen konnte.
»Glaubt ihr wirklich, dass uns um diese Zeit noch jemand empfängt?«, nuschelte Kim und spähte an dem sehr abweisend wirkenden Tor hoch.
»Das werden wir ja sehen«, meinte David und legte die Hände zur Räuberleiter ineinander. »Wer will zuerst?«
Nacheinander halfen sie sich über das Tor, bei Dennis artete das in Schwerstarbeit aus. Außerdem stöhnte er, als würde ihn diese Anstrengung endgültig dahinraffen. Kim hatte fast erwartet, dass David oder Maarten ihn zurücklassen wollten, aber davon war keine Rede. Es machte auch niemand eine dumme Bemerkung über ihn. Das tat er allerdings selbst. Nachdem er das Tor überwunden hatte, rüttelte er an den Gitterstäben. »Es hat sogar mich ausgehalten, hättet ihr das gedacht? Das Ding ist richtig stabil.«

»Na los, Freund, es geht weiter.« Wie vorher David schlug Maarten ihm nun kameradschaftlich auf die Schulter.

Hinter dem Tor begann ein gewundener Weg durch einen im Frost erstarrten Garten. Überall glitzerte Raureif, es sah wie eine wunderbar fantasievolle Weihnachtsdekoration aus, begeisterte aber keinen wirklich.

Lisa hängte sich schwer bei Kim ein. Diesmal überkam ihn kein Glücksgefühl, dafür war er jetzt zu müde und ausgepumpt.

Die letzte Hoffnung sinkt

Groß und dunkel lag das Haus vor ihnen und niemand kam an die Tür, so laut sie auch klopften. David hielt die hohlen Hände vor den Mund und rief und rief. Schauerlich klang das und alles, was es bewirkte, war, dass ein Hund jaulend einstimmte.

Dann zwei Hunde.

David rief wieder und Kim pfiff. Dann pfiff auch Dennis und schließlich noch Maarten.

Mindestens drei Hunde mischten bei dem Geheul jetzt mit, sie hörten sich an wie ein ganzes Rudel. Lisa nahm die Hände vor den Mund und jaulte in den höchsten Tönen. Am Ende schrie, pfiff oder johlte jeder, so laut er konnte.

Entweder war Heemstede unbewohnt oder die Bewohner waren taub.

»Seid doch mal eben still!«, fauchte Saskia plötzlich. Einer nach dem anderen verstummte. Nur die Hunde heulten weiter.

Irgendetwas rasselte drinnen im Haus und dann erklangen zwei dumpfe Schläge.
Eine Uhr, die zwei schlug. Zwei Uhr in der Nacht!
Kim war es, als hätte er zwei Schläge in die Magengrube erhalten. Sie hätten Amsterdam niemals verlassen dürfen. Er stöhnte auf.
»Denkst du auch an den Rückweg?«, erkundigte sich Dennis kläglich.
»Nein, nur daran, dass wir Großvater Kaos Uhr hier ganz bestimmt nicht finden. Wir sind Hornochsen, Vollidioten, Trottel ...«
In der großen geschnitzten Tür öffnete sich ein Kläppchen und in der Öffnung zeigte sich ein forschend umherspähendes Augenpaar.
»Na so was!«, sagte jemand hinter der Tür.
»Wer ist denn da? Nun sag's schon«, drängte jemand anders.
»Kinder, Meneer, lauter Kinder, oder sollte ich sagen, junge Leute?«
»Dann mach auf, du Trottel, worauf wartest du? Wir können doch die Kinder nicht draußen in der Kälte stehen lassen.«
»Aber wenn es nun doch Diebe sind, Meneer? Auch junge Diebe schrecken vor nichts zurück. Und so klein sind die auch nicht mehr.«

»Aber ich bin's doch, Meneer!«, erklärte Maarten forsch, »Maarten van de Bos, der Sohn von Abraham, und die anderen sind meine Schwester Saskia, mein Vetter David und ein paar Freunde.«

»Ich hab's gehört!«, frohlockte jemand von drinnen. »Wird das denn mal was mit den Türschlössern? Es sind doch nur drei.«

Nach einer Ewigkeit schwang die Tür endlich auf.

Die Wärme kam ihnen wie ein tröstlicher Schwall entgegen und sog sie förmlich in das Haus. Auf tauben Füßen tappte Kim hinter den anderen hinein. Dann standen sie zitternd vor Kälte und Erschöpfung in einer geräumigen Diele. Neben ihnen tickte die Standuhr, die sie von draußen gehört hatten, geradeaus führte eine geschwungene Treppe nach oben.

»Worauf wartest du, Piet? Geh voraus, schür das Feuer, mach die Lampen an und scheuch wenigstens eine von den Mägden aus dem Bett.«

»Was denn jetzt zuerst, Meneer?«, fragte der Diener störrisch. Er war ein kleiner magerer Kerl, sein Herr dagegen war rund wie eine Tonne.

Meneer Adriaen Pauws Gesicht ähnelte verblüffend dem Vollmond draußen. Ein Dreifachkinn schwabbelte bei jedem Wort und die Augen ertranken in Fettwülsten. Pauw war der Besitzer des Landguts Heemstede und einer der größten und wichtigsten Tulpenliebhaber und Kenner überhaupt, erklärte Saskia flüsternd, als Dennis sie nach ihm fragte. So viele Tulpen wie er hatte kaum jemand in seinem Garten.

Inzwischen trollte sich der Diener, um erst einmal andere Dienstboten zu wecken. Pauw hatte eingesehen, dass Piet allein mit all den Aufträgen überfordert war. Mit den Armen rudernd, watschelte Pauw voraus in ein gemütliches Zimmer, in dem das Feuer im Kamin noch schwach glimmte. Innerhalb kurzer Zeit kamen zwei Mägde herein und bald schon loderte das Feuer und mehrere Kerzenleuchter verbreiteten anheimelndes Licht. Anschließend schickte Meneer Pauw die Mädchen in die Küche, um heiße Getränke zuzubereiten und etwas zu essen zu bringen.

Jedes Mal, wenn Maarten ansetzte, um zu erklären, weshalb sie mitten in der Nacht gekommen waren, winkte Pauw ab. Erst müssten alle ausreichend gegessen und getrunken haben, danach ließe sich vernünftig miteinander reden, erklärte er. Sobald Brot, Butter, Käse und Schinken auf dem Tisch standen, stürzte er sich selbst darauf, als ob er drei Tage gehungert hätte.

Dennis war außer ihm der Einzige, der gleichfalls kräftig zulangte. Die Übrigen begnügten sich mit heißem Gebräu und etwas Brot und Butter.

Endlich wischte sich Meneer Pauw das Fett von den Fingern und rülpste. »Das tat aber jetzt gut auf den Schreck«, sagte er und schielte zu Maarten herüber. »Jetzt können wir miteinander reden oder muss ich mich erst ankleiden?«

Pauw trug einen in flammendem Rot und Blau gemusterten Schlafrock, verziert mit Goldstickerei. Verlegen strich er sich über die Brust, als schämte er sich der unziemlich bunten Pracht.

»Bloß nicht«, wehrte Maarten hastig ab. »Wir sind ja nur zu Ihnen gekommen, damit Sie später nicht sagen können, Sie wären nicht informiert worden. Ich will meinem Vater Ihre Vorwürfe ersparen, verstehen Sie? Es geht um die *Semper Augustus* von Pa.«

Erstaunt riss Pauw die Augen auf. »Was sagst du da?«

Maarten holte tief Luft. »Ja, es stimmt schon. Wir haben eine *Semper Augustus*. Mit Brief und Siegel.«

Pauw seufzte auf. »Da beneide ich euch aber drum. Die fehlt mir leider. Hab mich vergeblich darum bemüht, eine in die Hand zu kriegen.«

Das Gespräch ließ sich gut an.

Maarten zählte auch noch die anderen Zwiebeln auf, die *Viceroy* und die *Admirael de Gouda* oder wie sie alle hießen und jedes Mal ließ Pauw diesen Seufzer hören und seine Äuglein funkelten nur so vor Gier. Während sich

David in das Gespräch mischte und vom knappen Angebot redete und wie außerordentlich groß der Glücksfall sei, eine *Semper Augustus* zu haben, verließ sein Diener Piet leise das Zimmer und kam kurz darauf mit einem eisgrauen hageren Mann zurück, der sich ohne ein Wort zu ihnen setzte.

»Eine *Semper Augustus*, Adolphus«, sagte Pauw bedeutungsvoll zu ihm.

Dieser Adolphus verzog keine Miene.

»Tulpen«, sagte Pauw feierlich, »sind das Schönste, was ich kenne. Wisst ihr überhaupt, woher sie ursprünglich stammen? Es ist ja noch nicht so lange, dass wir sie in unseren Gärten haben.« Adriaen Pauw musterte Kim nachdenklich. »Na, du weißt doch bestimmt, woher die Tulpen stammen.«

»Nicht direkt«, nuschelte Kim. Seine Zehen fingen in der Wärme gerade an höllisch zu schmerzen und es kam ihm vor, als würden tausend Nadeln in jeden einzelnen stechen. Fast wünschte er sich, sie wären vor Kälte taub geblieben.

»Na, na, junger Mann«, Pauw hatte einen Finger erhoben. »Das sagst du, wo sie doch aus deiner Heimat sind? Du kommst doch aus …«

»China?«, sagte Kim verwundert und vergaß die Schmerzen in seinen Füßen.

»Sagt dir wenigstens Tien-shan etwas?«, fragte Pauw.
»Doch, doch, schon«, stotterte Kim. Die Tulpen kamen aus dem Grenzland zu China und der Mongolei? Denn dort lag Tien-shan, die Himmlischen Berge, wie die Chinesen den Gebirgszug nannten.
»Es ist lange, lange her, dass die Tulpen – es waren natürlich nicht so prächtige wie unsere heutigen – durch umherziehende Händler aus dem Himmelsgebirge nach Persien und wenig später ins Osmanische Reich gelangten. Und von dort hat sie ein niederländischer Diplomat mitgebracht. Ein türkischer Pascha* hatte ihm ein paar Zwiebeln geschenkt. Seitdem haben wir Niederländer aus diesen ersten die wunderbarsten Blumen gezüchtet. Die schönste ist zweifellos die *Semper Augustus*. Und ihr habt wirklich eine?«
Pauw wandte sich erwartungsvoll an Maarten.
»Und die *Swatte Swan*«, krähte Willem und fingerte die Zwiebel hervor.
»Und was soll das sein, Junge?«, fragte Pauw neugierig.
»Zeig ihm das Bild«, forderte Willem Maarten stolz auf.
Maarten war sichtlich böse über Willems Einmischung. Kim gewann den Eindruck, dass er Willems Zwiebel diesmal gar nicht hatte zur Sprache bringen wollen. Natürlich, der Verkauf brachte ihm und den van de Bos-Kindern ja auch nichts ein. Pauw war schon von den anderen

* *höchster Beamtentitel in der Türkei*

Zwiebeln genügend entzückt. Hier hatten sie ihren reichen Käufer gefunden.
Widerstrebend zog Maarten das Blatt hervor, entrollte es und gab nachlässig ein paar Erklärungen dazu ab.
Pauw war begeistert. Hingerissen drehte und wendete er das Papier, um die schwarze Tulpe aus jedem Blickwinkel zu betrachten.
»Und schau mal an, Adolphus, welcher Name hier in der Ecke steht. Rembrandt! Das Blatt ist doch nicht etwa von Rembrandt Harmenszoon van Rijn höchstpersönlich?«
»Genau von dem!«, sagte David befriedigt.
Pauws Begeisterung kannte keine Grenzen mehr. Immer wieder schüttelte er den Kopf, klopfte sich vor Vergnügen auf die fetten Oberschenkel und forderte Adolphus auf, doch auch einmal etwas zu sagen.
»Ist das nicht wunderbar, Adolphus?«
Adolphus schwieg grämlich, während Pauw sich wieder über die *Swatte Swan* ereiferte, das größte Tulpenwunder, von dem er je gehört hatte.
»Und von wem hast du die *Swatte Swan*?«, fragte Pauw Willem und kniff die Äuglein zusammen.
Willem erzählte stockend die Geschichte seiner Tulpe.
»Von Pieter Bol. Na, das gibt der Sache eine größere Wahrscheinlichkeit«, bemerkte Pauw am Ende nachdenklich.
»Und die Zwiebel gehört wirklich dir?«

Der Junge nickte eingeschüchtert. »Vater hat ein Papier, auf dem das steht. Wir verwahren's in einem Kasten zu Hause.«

»Dann passt nur gut darauf auf. Und auf dem Papierchen steht *Swatte Swan*?«, hakte Pauw nach.

»Der alte Bol hatte manchmal die seltsamsten Einfälle«, ließ sich Adolphus plötzlich vernehmen und versank wieder in Schweigen.

Kim war sich ziemlich sicher, dass dieser Bol weder die schwarze Tulpe hatte blühen sehen noch erfahren hatte, was er Außerordentliches gezüchtet hatte. Bestimmt war Willems Exemplar das einzige, das es gab. Und niemand, das hieß kein Kenner, wusste bisher davon.

»Wunderbar«, sagte Pauw und strahlte alle nacheinander an, vor allem Maarten und Willem. »Ihr seid ja richtige Glückspilze. Na, dann wollen wir mal schlafen gehen.«

»Dann kommen Sie morgen zur Auktion?«, fragte David eifrig.

»Was für eine Auktion?« Pauw, schon halb vom Stuhl, ließ sich wieder auf den Sitz plumpsen.

»Morgen um elf im Duivelskopp. Verzeihung, das haben wir ja noch gar nicht erwähnt. Wir werden alle unsere Tulpen morgen in die Auktion geben«, erklärte David errötend. »Dann wollen wir Sie auch nicht länger vom Schlafen abhalten. Wir laufen jetzt zurück.«

»Verrückt«, sagte Adolphus. »Ich hab immer gesagt, das ist gegen den gesunden Menschenverstand. Und jetzt mischen schon die Kinder bei diesem Unfug mit.«

Pauw winkte Piet, der ihm diesmal aufhelfen musste. »So ist das also. Das tut mir aber leid, Kinder, dann habt ihr diese lange Tour zu mir heraus ganz vergeblich gemacht. Wie Adolphus schon sagte, der Tulpenhandel ist längst aus den Fugen geraten und nur Narren beschäftigen sich noch damit.« Erschrocken hielt er inne. »Bitte entschuldigt, ich wollte euch nicht beleidigen. Mit euren Tulpen ist das sicher etwas anderes. Aber was mich betrifft, ich bin raus aus der Sache.«

David wurde totenbleich. Saskia stützte Willem, der auf einmal schwankte. Es war, als wäre plötzlich das Eis von draußen hereingedrungen und machte die Atmosphäre so unwirtlich wie am Nordpol.

Pauw tauschte einen Blick mit Adolphus.

»Habt ihr denn wirklich gedacht, ich mache mich bei dem Wind und der Kälte draußen morgen früh auf den Weg nach Amsterdam? Nein und nochmals nein! Und ihr bleibt heute Nacht auch hier. Jeder von euch kriegt ein mollig warmes Bettchen. Was hat sich Abraham denn bloß dabei gedacht, euch um diese Zeit hierher zu jagen? Das ist nicht anständig. Wie geht's ihm überhaupt? Ist euer Schiff schon da?«

Aschfahl gab David mit tonloser Stimme Auskunft. Nein, das Schiff war noch nicht angekommen, und überhaupt müssten sie weiter, das war ja nicht das Ende ihrer Tour. Mit hängenden Schultern schlurfte er zur Tür und mahnte die anderen zur Eile. Einer nach dem anderen kam auf die Füße und wankte hinter ihm her.

»Aber Kinder, so bleibt doch hier. Das ist ja Wahnsinn! Bei dieser Eiseskälte!« Pauw folgte ihnen händeringend bis zur Haustür und schimpfte auf Tulpen, von denen er im Leben nie wieder etwas hören wollte. Ein Teufelszeug, da hätte Adolphus ja mehr als recht. »Wo seid ihr denn schon überall gewesen?«, fragte er sie schließlich verstört.

»Also, zuletzt bei Meneer Francisco da Costa«, sagte Dennis rasch, »der hat vielleicht über die *Swatte Swan* gestaunt!«

»Glaub ich, glaub ich sofort.«

Pauw weinte beinahe, als sie in der geräumigen Diele die Schlittschuhe in die Hand nahmen und nach einem knappen Abschied das Haus verließen.

Jeder dachte nur noch an die über zehn Meilen zurück bis nach Amsterdam, keiner sagte mehr etwas.

Nach einer Weile hatten sich alle an den Händen gefasst, so lief niemand Gefahr, verloren zu gehen. Der Mond war untergegangen, die Kälte biss noch mehr. Die Trostlosigkeit und Verzweiflung waren fast zu greifen, nur gut, dass sie niemand allein aushalten musste.

»Gehen wir trotzdem zur Auktion?«, fragte Saskia leise, als sie die Herengracht erreicht hatten.

»Wir müssen«, antwortete David dumpf.

Nur ein paar Stunden Schlaf

Swantje öffnete ihnen so geschwind die Tür, als hätte sie die ganze Zeit in der Diele gelauert. Müde und vollkommen erschöpft schwankten sie einer nach dem anderen ins Haus, während Willems Schwester berichtete, was inzwischen vorgefallen war. Dr. Tulp sei noch mal da gewesen und er habe nach den anderen gefragt und so lange nachgebohrt, bis er alles erfahren hatte.

»Hätte ich ihm nichts erzählen sollen?«, fragte Swantje ängstlich. Sie sah rührend aus mit ihrem schief sitzenden, zerknitterten Häubchen. Zumindest kurze Zeit musste sie damit auf einem Bett gelegen und zu schlafen versucht haben. Maarten fasste sie um die Taille, zog sie eng an sich heran und küsste sie auf die Wange.

»Schon in Ordnung. Mach dir keine Sorgen. Nicolaes Tulp steht auf unserer Seite, er ist ein Freund Vaters.«

»Heißt er wirklich Tulp?« Dennis hatte sich an David gewandt.

Der starrte Swantje an, als hätte auch er sie liebend gern geküsst.

»Was?«

Geduldig wiederholte Dennis die Frage, während er die zusammengebundenen Schlittschuhe von der Schulter nahm.

»Nein«, stieß David hervor, »er hat den Namen vor Jahren angenommen. Sein Geburtsname lautet Claes Pieterszoon. Warum, ist das wichtig?«

Kim dachte sich seinen Teil. Dieser Dr. Tulp mochte ja jetzt gegen den Tulpenhandel wettern, was das Zeug hielt, aber ein Liebhaber der Tulpe würde er bleiben, solange er diesen Namen beibehielt. Ja, warum sollte Swantje ihm nicht von der schwarzen Tulpe und ihrer Fahrt über die Grachten zu den anderen Tulpenliebhabern und von der Auktion erzählen? Schaden hatte sie bestimmt nicht angerichtet.

Bevor sie die Frage erörtern konnten, wer wo den Rest der Nacht verbringen sollte, erschien Tante Griet in einem unförmigen rosafarbenen Morgenrock, die grauen Haare mit einer faltenreichen Nachthaube bedeckt.

»Seid ihr endlich wieder da?«, schimpfte sie, dämpfte aber dann die Stimme. Ohne Umstände scheuchte sie alle die Treppe hinauf und im Handumdrehen lagen Kim, Willem und Dennis zusammen in einem großen Bett mit vielen

Kissen und unter einer riesigen Decke. Saskia hatte Lisa und Swantje mit in ihr Schlafzimmer genommen, das sie mit zwei jüngeren Schwestern teilte. Acht Kinder oder junge Menschen zusätzlich unterzubringen stellte in diesem Haushalt vielleicht eine Herausforderung, aber kein wirkliches Problem dar. Niemand maulte oder meckerte, weil alle zusammenrücken mussten.
Trotz aller Sorgen, die nach wie vor im Raum schwebten, schlief Kim sofort ein, nicht mal Dennis' Ellbogen in seinem Kreuz konnte ihn davon abhalten.

»Aufstehen!« Saskia lugte ins Zimmer und war bereits wieder verschwunden, bevor Kim sie richtig wahrgenommen hatte.
Auf der Treppe war Getrappel zu hören, dann hastete ein Dienstmädchen herein und stellte einen dampfenden Krug ab.
»Ihr sollt euch beeilen, Mevrouw* Griet ist schon ganz aufgebracht, weil alle so trödeln.«
Dennis blinzelte, reckte sich und gähnte anhaltend.
»Eigentlich bin ich noch zu müde fürs Frühstück. Habt ihr auch das Gefühl, höchstens drei Stunden geschlafen zu haben?«
»Eher zwei«, nuschelte Kim.
Willem hatte sich mit großen Augen im Bett aufgesetzt.

* *Anrede Frau*

»Heißes Wasser! Heißes Wasser zum Waschen! Habt ihr das gesehen? Wetten, dass ich zuerst aus dem Bett bin?«
Dennis und Kim sahen zu, wie er aus dem Bett kletterte und sich in dem langen Hemd, in dem er geschlafen hatte, vor den winzigen Waschtisch stellte. Aus dem Krug goss er behutsam Wasser in eine Schüssel, tunkte die Hände hinein und betupfte sich die Wangen.
»Ah!«, stöhnte er vor Behagen.
»Vergiss den Hals und die Ohren nicht!«, rief Dennis, aber Willem hatte seine Morgenwäsche schon beendet, goss das Schmutzwasser in den Tontopf unter dem Tisch, hob das Hemd und pinkelte hinein.
»Ich glaub, ich lass die Wäsche aus«, sagte Dennis, »und geh gleich zum zweiten Teil über, falls der Topf noch nicht zu voll ist.«
Griets Stimme schallte durchs Treppenhaus und trieb sie zur Eile an. Kim und Dennis hatten beim Anziehen Mühe mit den unsäglich vielen Knöpfen und Bändern, die an den unmöglichsten Stellen ihre Kleidung zusammenhielten. Willem half ihnen schließlich und schüttelte dabei den Kopf.
»Ich frag mich wirklich, seit wann ihr Hosen tragt«, sagte er verwundert.
Nach Frühstück sah es in der Küche nicht aus. Überhaupt war es kalt und ungemütlich im Haus und Griet scheuch-

te alle in die Diele und befahl ihnen sich warm anzuziehen.
»Wieso?«, fragte Dennis verwirrt. »Müssen wir schon zur Auktion?«
Tante Griet sah ihn grimmig an.
»Du hast wohl auch nichts anderes mehr im Kopf! Wir gehen in die Kirche zum Frühgottesdienst. Ihr werdet alle für Abrahams Genesung beten und dass mir keiner von euch eine Strophe aus den Psalmen auslässt. Das höre ich sofort. Und wehe einer von euch schläft mir ein!«
Jetzt erst ging Kim auf, dass sich nur die Kinder ab etwa sieben Jahren versammelt hatten. Draußen wurde ihm endgültig klar, dass es noch sehr früh sein musste. Nicht ein Schimmer von Morgenrot zeigte sich.
»Wie spät?«, fragte er Maarten.
Maarten starrte ihn hohläugig an.
»Schon sieben durch. Der Gottesdienst beginnt um halb acht, wir müssen uns beeilen. Bringen wir's hinter uns. Und betet, dass wir nachher rechtzeitig in den Duivelskopp kommen.«
Schweigend stapften sie zur Kirche, und Kim ärgerte sich mächtig nicht einen Versuch unternommen zu haben, zu Abraham vorzudringen. Wie lange würde der Gottesdienst dauern?

Es waren fast drei Stunden. Eine Stunde lang predigte der Pastor, die restliche Zeit wurden Psalmen gebetet oder gesungen, von denen jeder mindestens vierzehn Strophen hatte. Kim tat so, als ob er mitbetete. Er achtete auf die anderen, machte deren Mundbewegungen mehr oder weniger gekonnt mit und murmelte vor sich hin. Dennis stand neben ihm und nuschelte die ganze Zeit Rhabarber, Rhabarber, soweit Kim überhaupt etwas verstand.
Endlich durften sie hinaus und wankten zur Kirchentür.
Draußen war auf einmal Tante Griet neben ihm.
»Das muss ich aber sagen: Ich hab dich genau beobachtet und gesehen, dass du nichts ausgelassen hast. Abrahams Wohl scheint dir ja wirklich am Herzen zu liegen, obwohl du gar nicht zu uns gehörst.« Sie klopfte ihm anerkennend auf die Wange, zuckte leicht zusammen und fügte hinzu: »Das war eine stockdumme Bemerkung, denn jetzt gehörst du natürlich zu uns, Abraham wird es so wollen.«
Kim war sich nicht sicher, ob er sich freuen sollte.
Das Frühstück wurde in aller Hast eingenommen, begleitet von Tante Griets Vorhaltungen, in die sie eine Menge Bibelsprüche mischte, die alle von Tod, Teufel, Hölle und der ewigen Verdammnis handelten, bis niemand mehr einen Bissen herunterbekam. Griet wollte nicht, dass sie ohne Abrahams Wissen zur Auktion gingen.

Weinerlich wackelte ein kleines Mädchen auf sie zu und hob den Rock. »A a«, sagte die Kleine in der internationalen Kindersprache.
»Mach dem Jungen mal eben die Windel ab und gib ihm eine neue.« Griet schob das Kind auf Saskia zu.
»Dem Jungen?«, fragte Dennis verblüfft.
»Das ist Cor, mein jüngster Bruder«, erklärte Saskia, »hast du das noch nicht mitgekriegt?«
»Aber er trägt ein Kleidchen«, wandte Kim ein.
»Natürlich, das ist doch viel praktischer mit den Windeln. Wie macht ihr das denn in China?«
»Und wann darf er Hosen tragen?«, warf Dennis ein.
»Na du bist mir einer! Wann hast du Hosen gekriegt?«
Kim überlegte, wie viele von den kleinen van de Bos-Kindern, die in Kleidchen herumliefen, wohl Jungen waren.
»Gefällt mir nicht«, sagte Dennis und sah drein, als fürchtete er, demnächst in ein Kleid gesteckt zu werden.
»Keine Sorge, die Zeit mit den Windeln haben wir auf alle Fälle hinter uns«, sagte Kim feixend.
Maarten war aufgestanden. »Kommt ihr mit? Wir gehen jetzt.«
Tante Griet begann wieder zu zetern, aber jetzt hörte niemand mehr zu. Es wurde ernst.
In der Diele schaute Kim nervös zur Uhr. Gleich elf, noch zwei Stunden. Großtante Bettys Uhr hatte ein Uhr ge-

schlagen, als sie die Zeitreise nach Amsterdam antraten, noch zwei Stunden und fünf Minuten und sie hingen hier für immer fest. Dann spähte er zur Treppe. Griet stand dort, und gerade als Maarten und die anderen im Begriff waren, das Haus zu verlassen, kam Dr. Tulp und strebte sofort zu ihr. Gemeinsam stiegen sie die Stufen hinauf. Kim würde wieder nicht zu Abraham vordringen können. Beklommen schloss er sich den Übrigen an.

Sie waren zu siebt, genau wie in der Nacht. Swantje blieb bei den jüngeren Geschwistern, damit sie sich in dem fremden Haus zurechtfanden, aber auch, weil sie die Spannung auf der Auktion nicht aushalten würde. Kim wäre eigentlich gern bei ihr geblieben, aber sie hatte durch ihn hindurchgesehen, als schüttelten ihre Ängste sie jetzt schon. Wahrscheinlich würde sie die ganze Zeit beten, in der Kirche hatte sie es voller Inbrunst getan. Da trat er doch lieber die Flucht in den Duivelskopp an. Vielleicht ließ sich dort auch endlich eine Spur von Großvater Kaos Uhr finden. Ja, das war seine ganze Hoffnung.

Die Auktion beginnt

Im Duivelskopp hatte die Auktion bereits begonnen. Wie gewohnt hing dicker Tabakrauch in der Luft, auch schon morgens um elf. Einige Männer hatten sich Stühle und Bänke näher herangezogen und schauten auf eine Holztafel, die neben dem Kamin aufgestellt war. Etwas war daraufgeschrieben. Aber bevor Kim es lesen konnte, stand einer der Männer auf und kam zu ihnen geschlendert. Es war de Hooge mit roter Nase und einem schmierigen Grinsen.

»Da sind ja meine jungen Freunde«, raunzte er heiser und nieste einmal kräftig.

David nahm ihn kühl ins Visier. »Ich bin nicht dein Freund und du wärst besser im Bett geblieben. Wie ich sehe, hast du dir eine Erkältung eingefangen.«

»Wohl zu kalt gebadet, was?«, mischte sich Dennis ein.

De Hooges Grinsen war wie weggewischt. Wahrscheinlich hatte er bis dahin geglaubt, dass ihn niemand auf dem Eis erkannt hatte.

»Lasst ihn, wir sind nicht hier, um uns mit ihm abzugeben«, zischte Maarten und ließ de Hooge stehen. »Was meinst du?«, sagte er leise zu David. Um sich nichts entgehen zu lassen, traten Dennis und Kim nah an die beiden heran.
»Sieht schlecht aus.« Davids Blick überflog abschätzend die Männer. »Es ist keiner dabei, der mehr wert ist als fünf- oder sechstausend. Alles nur *Floristen.*«
»Aber ich dachte, der Handel liegt in den Händen der *Floristen*«, wagte Dennis zu bemerken.
»Stimmt, aber seit der Nachricht aus Haarlem ist alles anders. Wir haben es euch doch erklärt: Schuldscheine können wir nicht akzeptieren, weil wir nicht wissen, ob sie sich noch gegen Geld einlösen lassen.«
»Kein Windhandel«, warf Kim ein und erntete einen verärgerten Blick Davids.
»Am besten haltet ihr euch raus«, sagte er unfreundlich.
Ein Mann stand an der Tafel und leitete die Auktion. Er schrieb die Ware und die Gebote auf die Tafel, deutlich war zu hören, wie die Kreide quietschte. Zwei Männer unterhielten sich murmelnd, ein anderer klopfte unentwegt auf den Tisch, andere tauschten Zeichen aus. Eine nervöse Spannung lag im Raum. Einer scharrte unter dem Tisch mit den Stiefeln, ein Hund, der nicht zu sehen war, knurrte gereizt.

Selbst Kim mit seiner mangelnden Erfahrung sah, dass die Auktion eigentlich gar nicht in Gang kam.
»Was jetzt?«, wisperte Dennis.
Maarten hob zögerlich einen Arm.
»Wir haben eine *Admirael van de Eijk*. Wer bietet darauf?«
Ein Mann schnaubte, wischte sich Bierschaum aus dem Bart und starrte Maarten abschätzend an.
»Das kann man sich ja nicht entgehen lassen«, krähte de Hooge, »ich biete dreihundert!«
Sofort standen die dreihundert auf der Tafel.
»Wo will der die denn hernehmen?«, raunte einer, war aber laut genug, dass alle es hörten.
Jemand lachte. »De Hooge macht das schon. Die Jungen sind ihre *Admirael van de Eijk* im Handumdrehen los. Gegen nichts als Papier.«
Schweiß stand David auf der Oberlippe.
»Wie könnt ihr das noch abbiegen?«, fragte Lisa.
»Gar nicht«, stöhnte David.
De Hooge kam auf ihn zu und streckte die Hand aus.
»Das Bietgeld!«
»Dreihundertundzwanzig!«, schrie ein anderer von den *Floristen*. »Bring mir das Bietgeld gleich mit, de Hooge.«
Saskia krümmte sich auf ihrem Stuhl zusammen und hatte den Arm um Willem gelegt, der am ganzen Körper zitterte.

»Was geht hier vor?« Kim wandte sich an David, nachdem dieser mit steinernem Gesicht eine Börse hervorgezogen und de Hooge und dem anderen Mann einige Gulden auf die Hand gezählt hatte.

»Wir müssen jedem, der ein Gebot abgibt, ein Handgeld zahlen.«

Ein Mann bot dreihundertundzweiundzwanzig in bar.

Nach fünf Minuten war die Auktion für die *Admirael van de Eijk* vorbei. Maarten und David hatten dreihundertunddreißig bar auf die Hand akzeptiert, mehr hatte niemand geboten. Ein riesiges Verlustgeschäft.

»Immerhin Bargeld«, murmelte David. »Aber was jetzt?« Seine ganze Mutlosigkeit war ihm nur zu deutlich anzumerken.

Sie boten noch zwei Tulpen an und bekamen Schuldscheine dafür. Ausgezeichnete Tulpen, auf die kaum jemand geboten hatte, sodass sie nehmen mussten, was sie kriegen konnten. Die Schuldscheine brannten Maarten bestimmt ein Loch in die Hosentasche. Seine Augen flackerten, er zwinkerte und blinzelte beständig. Wollte er aufgeben?

Er beriet sich kurz mit David. Sie beschlossen eine von Willems Tulpen anzubieten. Noch auf dem Weg zum Duivelskopp hatten sie mit Willem ausgemacht, wenigstens zwei von seinen Tulpen und die *Swatte Swan* in die Auk-

tion zu geben. Auch Willem und seine vier Geschwister brauchten ja dringend Geld.
Auf einmal ging die Tür auf und Abraham kam hereingeschlurft, schwer auf Dr. Tulps Arm gestützt. Hinter den beiden erschien Griet, grimmig wie immer.
Sofort richtete sich die gesamte Aufmerksamkeit auf Abraham, für den Dr. Tulp einen Armlehnstuhl in eine Ecke des Raums stellen ließ, von der aus sie die Auktion beobachten konnten.
Schwerfällig ließ sich Abraham nieder, der Doktor und Griet zogen es vor, wie Wächter hinter dem Stuhl stehen zu bleiben. De Hooge kam heran und katzbuckelte vor Abraham.
»Der große van de Bos in unserer bescheidenen Wirtschaft. Wenn das nicht ein wichtiger Tag ist! Drei von deinen Tulpen bist du schon los.«
Abrahams Augen waren blutunterlaufen. Er verzog den Mund, während er die Anwesenden musterte, sagte aber nichts.
»Verschwinde«, herrschte Maarten de Hooge an und wartete, bis sich dieser verzogen hatte.
»Was machst du hier, Vater?«
»Ich will bei meinem Untergang dabei sein«, knurrte Abraham kaum verständlich. »Ich kann euch das nicht allein machen lassen.«

»Aber es ist so gut wie vorbei. Ich glaube, es ist besser, die restlichen Tulpen auf einer späteren Auktion einzusetzen«, sagte Maarten gedämpft.
»Nein«, entgegnete Abraham, »Nicolaes hat inzwischen weitere Neuigkeiten aus Haarlem. Es steht alles noch schlechter. Wenn wir überhaupt Geld hereinbekommen wollen, dann ist heute der richtige Tag. Und das Schiff ist verloren, die Meldung hat mir vorhin jemand gebracht.« Seine Hand krampfte sich um die Armlehne.
»Vater!«
»Ja, jemand kam und hat gesagt, dass unser Schiff auf der Höhe der Azoren in einen Sturm geraten ist. Noch zwei andere sind mit Mann und Maus untergegangen.«
»Bist du ganz sicher, Vater?«, fragte Maarten verstört.
David ballte stumm die Fäuste.
Eine Träne lief Abraham die eingefallene Wange hinab.
»Macht weiter, setzt die *Semper Augustus*.«
»Nein«, sagte David brüsk, »wir setzen die *Swatte Swan*, gib die Zwiebel her, Willem, das Aquarell hab ich schon.«
»Nein, nein«, flehte Willem. »Nicht!«
»Abgemacht ist abgemacht!«
»Nein, bitte!« Willem versuchte David auszuweichen, aber der packte ihn und hielt ihn fest.
Die Tür ging auf und jemand stahl sich in die verräucherte Gaststube. Abraham hatte ihn dennoch bemerkt.

»Den kenne ich, ist nicht viel dran, er kommt vielleicht auf achttausend Gulden Gesamtvermögen, der handelt wenig.«

David hatte Willem die Zwiebel aus der Hosentasche gezogen und achtete nicht auf das Gewimmer des Kleinen. Wollte er Willem unbedingt Schaden zufügen, jetzt, wo für ihn selbst jede Hoffnung gestorben war? Die *Swatte Swan* würde für einen Spottpreis verkauft werden.

Kim bemerkte, wie Lisa voller Empörung Luft holte, um David auszuschimpfen. Er selbst war auch drauf und dran, sich einzumischen.

Aber noch ehe er es verhindern konnte, hatte David sich davongemacht. Wie gelähmt blieb Kim stehen und musste mit ansehen, wie sich David bis nach vorn zum Auktionator durchdrängte. Nach ein paar lauthals verkündeten Erklärungen hielt er mit einer Hand die Tulpenzwiebel hoch, während er mit der anderen für alle sichtbar das Aquarell schwenkte, das schließlich von Hand zu Hand weitergereicht wurde. Jeder sollte sich davon überzeugen können, was für eine Rarität die *Swatte Swan* war.

Rufe wurden laut.

»Tausend auf die *Swatte Swan*!«, schrie de Hooge.

»In bar?«, rief Maarten.

De Hooge lachte ihn aus.

»Tausendundeins in bar«, sagte der Mann, der zuletzt eingetreten war.
»Reicht nicht, eintausendeinhundert«, sagte jemand, der gerade die Tür aufgerissen hatte und sich nun einen Weg zu einem freien Platz suchte.
Kim sah, wie Abraham die Augen aufriss, und kam gerade noch nah genug an ihn heran, um zu hören, was er herauskeuchte.
»Paulus van Beresteyn höchstpersönlich, Maarten«, er krallte die Hand in Maartens Ärmel, »Regent Paulus van Beresteyn aus Haarlem! Hier! Mindestens achtzigtausend wert, würde ich sagen.«
Die Tür klappte wieder.
»Komm ich zu spät?«, fragte ein Herr in einem dicken Pelzmantel und brachte einen Schwall Kälte herein.
Abraham stöhnte auf.
»Kaufmann Guillelmo Bartolotti van de Heuvel, er ist durch den Russlandhandel mindestens vierhunderttausend Gulden schwer.«
»Bietet jemand mehr als eintausendeinhundert?«
Unruhe entstand. Wer saß, drehte sich zur Tür um.
Nacheinander traten noch einige Herren ein, Abraham flüsterte voller Staunen ihre Namen.
»Jacob Poppen, reich durch den Indien- und Russlandhandel, fünfhunderttausend.«

Die nächsten beiden waren Meneer Adriaen Pauw und sein Freund Adolphus, beide Kim seit der letzten Nacht bestens bekannt. Adolphus Vorstius, wie er mit vollständigem Namen hieß, war ein erklärter Gegner des Tulpenhandels und dennoch war er hier.

Abraham wunderte sich noch über sein Auftauchen, als Vorstius eintausendvierhundert bot.

Als wenig später Francisco da Costa mit einem Diener eintrat, stand das höchste Gebot bei dreitausend.

»Immer noch zu wenig, viel zu wenig«, knurrte Abraham.

Da Costa nickte ihm gemessen zu und ließ sich von seinem Diener einen Stuhl heranrücken. Der Portugiese verzog keine Miene, als er sich setzte.

»Will er etwa mitbieten?«, flüsterte David.

»Am Sabbat? Glaub ich nicht«, antwortete Dr. Tulp.

»Fünftausend!«, rief de Hooge.

»Nein!«, schrie David.

»Fünftausend!«, wiederholte de Hooge schneidend.

»Bietet jemand mehr?«, fragte der Auktionator.

»Sechstausend«, sagte Adriaen Pauw.

Abraham begann mit Dr. Tulp zu flüstern, rasselnd stieß er die Worte aus, das Sprechen strengte ihn ungeheuer an. Der Doktor wiegte den Kopf hin und her und versuchte den Redestrom einzudämmen.

Endlich war Abraham still.

»Siebentausend«, bot de Hooge. Kim bemerkte, wie David zu einem Tisch am Eingang schielte, auf dem diverse Waffen lagen, die die Männer beim Eintritt in die Kaschemme hatten abgeben müssen: Pistolen, aber auch Degen, von einem Knecht bewacht.
»Vater hat als Weber dreihundert im Jahr verdient«, sagte Willem plötzlich.
»Dann sind das jetzt mehr als dreiundzwanzig Jahreseinkommen«, sagte Dennis nach einer kurzen Pause, in der er offensichtlich gerechnet hatte.
Dreiundzwanzig Jahre musste ein Weber an seinem Webstuhl arbeiten, um auf den Betrag zu kommen, der inzwischen als höchstes Gebot für die *Swatte Swan* an der Tafel stand! Jetzt erst ging Kim richtig auf, um was für ungeheure Summen es im Tulpenhandel ging, zumindest bei den Spitzenobjekten.
»O Mann«, fügte Dennis ehrfürchtig hinzu.

Abrahams Trick

Der Preis stieg und stieg. Zwei Knechte schleppten unablässig volle Krüge herbei oder räumten leere ab, ein Schankmädchen schlängelte sich von Tisch zu Tisch und goss Genever in kleine Zinnbecher. Die Auktion entfachte eine ungeheure Aufregung unter den Leuten, die anscheinend nur mit Strömen von Bier und Schnaps etwas zu dämpfen war.

Der Preis ging auf neuntausend hoch und noch immer bot de Hooge mit und auch noch einer seiner alten Zechkumpane.

Dr. Tulp deutete auf die beiden. »Wenn wir diese Ratten doch bloß ausschalten könnten. Nie im Leben werden die das bezahlen, was sie hier bieten«, sagte er zu David und Maarten. Abraham nickte. Er richtete sich ein wenig in seinem Stuhl auf, in dem er zusammengesunken saß, und winkte David, sich zu ihm hinabzubeugen. Sie flüsterten miteinander.

»Und das geht, Onkel?«, fragte David zweifelnd.

Abraham sah sich im Raum um, als zählte er die Bieter und sortierte die Zahlungskräftigen aus der Menge der Habenichtse und Glücksritter. Die Kneipe war jetzt so rappelvoll, dass kein Stuhl mehr an den Tischen Platz fand. Und noch immer ging die Tür. Weitere Männer kamen herein und drückten sich an die Wände. Die Luft, vom Rauch grau und teerig, konnte man fast schneiden.

»Versuch es! Aber warte noch.«

Die nächsten Minuten hielt David an der Seite Abrahams aus, den Mund zu einem Strich zusammengepresst, sein Atem ging in heftigen Stößen wie ein Blasebalg.

Willem tanzte immer wilder auf der Stelle, je höher die Gebote stiegen. Sicher hatte er völlig vergessen, dass die Auktion für ihn ganz und gar schiefgehen konnte, wenn de Hooge oder einer der anderen *Floristen* den Zuschlag erhielt.

»Jetzt?«, knurrte David, als das Gebot auf zwölftausend kletterte.

Beresteyn schüttelte den Kopf, lehnte sich zurück und verschränkte die Arme zum Zeichen, dass er aussteigen würde. Pauw zankte sich mit seinem Freund Adolphus und achtete überhaupt nicht mehr auf die Bieter.

Triumphierend bot de Hooge vierzehntausend.

»Jetzt?«, fragte David bang, als kein neues Gebot laut wurde.

»Niemand bietet mehr?«, fragte der Auktionator. Einen Augenblick schien es Kim, als stünde die Welt still.

»Wirklich kein neues Gebot mehr? Also dann: vierzehntausend zum Ersten, zum Zweiten und …«

»Vierzehntausenddreihundert«, krächzte jemand.

Wer?

Und dann sah Kim ihn. Es war da Costas Diener, der ganz erschrocken dreinblickte, als glaubte er seinen eigenen Worten nicht.

»Der Diener?«, fragte Maarten verwundert.

»Natürlich der Diener. Na endlich, er hat sich Zeit genug gelassen«, zischte Dr. Tulp, »selbstverständlich steckt da Costa dahinter. Er darf ja nicht am Sabbat …«

»David!«, stieß Abraham hervor. »Jetzt!«

David bahnte sich mühsam einen Weg bis zum Auktionator und begann hastig auf ihn einzureden. Der Mann schüttelte unwirsch seinen Kopf, aber David sprach weiter, beschwor ihn, hielt ihn am Ärmel fest. Unter den Zuschauern brach ein unwilliges Gemurmel aus, Drohungen gegen David wurden laut. Jemand bot an ihn rauszuschmeißen, damit die Auktion weitergehen konnte.

Endlich hob der Auktionator eine Hand und es kehrte Ruhe ein.

»Abraham van de Bos als Bevollmächtigter von Willem van Waal und seinen Geschwistern stellt den Antrag, dass jeder, der auf die *Swatte Swan* bietet, fünf Prozent des Gebots in bar vorweisen muss, oder er wird von der Auktion ausgeschlossen.«

Ein Sturm der Entrüstung brach los. Nur einige Männer blieben wie Felsen in der Brandung ruhig und gelassen. Neugierig blickte Kim in die undurchdringlichen Gesichter von Beresteyn, Pauw, Goyer, Vorstius, Poppen und den anderen reichen Niederländern, die hier zusammengekommen waren. Sie blieben vollkommen ungerührt, nur Bartolotti van de Heuvel erlaubte sich ein flüchtiges, anerkennendes Grinsen.

»Unverschämtheit! Ich biete fünfzehntausend,« schrie de Hooge und fuhr sich an die Seite.

Sicher, sann Kim, hat er dort ein Messer stecken, das er nicht abgegeben hat.

Es dauerte lange, bis halbwegs Ruhe eingekehrt war. In dieser Zeit hatte sich da Costas Diener nach vorn vorgearbeitet, hielt herausfordernd einen prallen Beutel hoch und ließ ihn klimpern.

»Tausend Gulden in bar. Ich erhöhe gleich auf zwanzigtausend.« Überrascht von seinem eigenen Mut blickte er sich um.

De Hooge war nicht mehr zu halten, er schäumte vor Wut. In dem Moment, als seine Hand wieder an seine Seite fuhr, riss Kim die Schlittschuhe, die er noch über der Schulter hängen hatte, herunter. Die anderen hatten ihre vor dem Haus abgelegt. Er hatte noch nicht ausgeholt, da griff David danach, reichte die Schlittschuhe an Maarten weiter und Maarten warf sie, ohne zu überlegen, ohne das geringste Zögern, in einem perfekten, weiten Bogen.

Die Schlittschuhe segelten über mehrere Köpfe hinweg, lösten sich voneinander und gerade, als das Messer aufblitzte, traf die erste Kufe und schlug de Hooge die Waffe aus der Hand. Der zweite Schlittschuh ließ ihn einknicken, er hatte ihn voll in den Magen getroffen. Großes Geschrei erhob sich, die Leute tobten.

De Hooge hatte sich noch nicht wieder aufgerappelt, da hatten ihn bereits die Knechte des Wirts ergriffen und schleppten ihn unter lautem Schimpfen zur Haustür.

Der Auktionator wischte sich den Schweiß von der Stirn und klopfte mit seiner Pfeife auf den nächsten Tisch, bis der Pfeifenkopf zerbrach.

Es dauerte zehn Minuten, bis jeder wieder sein eigenes Wort verstehen konnte.

»Ich schlage vor«, keuchte der Auktionator verschreckt, »wir vertagen die Auktion auf einen günstigeren Tag.«

»Nichts da!«, schrie Dr. Tulp und kämpfte sich zu ihm durch. »Der Angriff von vorhin hat uns deutlich gezeigt, dass bisher unsaubere Machenschaften im Spiel waren.

Ich schlage daher vor, wir erhöhen auf zehn Prozent, die bar bei jedem Gebot vorgelegt werden müssen, um sich als ernsthafter und ehrenhafter Bieter auszuweisen. Ist jemand dagegen?«, schmetterte er mit metallisch harter Stimme.

Niemand meldete sich.

Beresteyn grinste wieder, diesmal unverhohlen. Er hob die Hand. »Ich erhöhe auf einundzwanzigtausend.« Er kramte in seinem Mantel und zog zwei große dicke Beutel hervor. »Zweifelt jemand daran, dass ich hier mehr als zweitausendeinhundert Gulden habe?«

Keiner der *Floristen* wagte einen Einspruch und niemand von ihnen bot mehr.

Sie waren ausgeschaltet.

»Wir haben's geschafft«, sagte David tief aufseufzend.

»Was heißt hier wir? Willem hat's geschafft«, korrigierte Dennis.

»Wir auch. Zwanzig Prozent von dem, was Willems *Swatte Swan* und seine anderen Tulpen erzielen, kriegen wir, so haben wir's abgemacht. Schließlich liefern wir seine Ware ein, er steht unter unserem Schutz.«

Dennis pfiff leise.

»Und nach der *Swatten Swan* ist die *Semper Augustus* an der Reihe. Nach der schwarzen Tulpe sind alle, die jetzt leer ausgehen, heiß darauf, wenigstens die *Semper Augustus* zu

bekommen. Sie wird einen Höchstpreis erzielen, verstehst du?«, fuhr David aufgeregt fort.
Kim pfiff jetzt auch anerkennend. Nun hatte er Davids Strategie begriffen. Der Junge war wirklich gerissen. Aber wie leicht hätte alles schiefgehen können. Wenn zum Beispiel Beresteyn und die anderen gar nicht aufgetaucht wären.
Kim zupfte Dr. Tulp, der sich gerade wieder herbemühte, um seinen Platz an Abrahams Seite einzunehmen, am Ärmel und deutete auf Beresteyn.
»Woher wussten er und die anderen Reichen von der Auktion?«
»Nun, von mir«, gab der Doktor offen zu. »Nachdem Maarten und David wild entschlossen waren diese unselige Auktion mitzumachen, musste ich doch was tun. Ich hab alle benachrichtigen lassen, die mir einfielen. Na, alle sind nicht gekommen.« Er blickte sich kritisch um. »Da fehlen noch zwei oder drei. Die werden sich schön ärgern, aber sollen sie doch ...« Von seinem eigenen Erfolg hingerissen, schwafelte Dr. Tulp weiter, aber Kim hörte nicht mehr hin. Auf einmal fiel die Aufregung wegen der Auktion von ihm ab und etwas anderes rückte nachhaltig in sein Bewusstsein.
Wie spät war es jetzt? Zwölf durch? Bestimmt. Noch eine Stunde und dann ... Wo war Großvater Kaos Uhr?

Während Kim seinen Gedanken nachhing, stieß Saskia ihn an. »Vater will was von dir.«
Kim atmete einmal tief durch.
»Sofort.« Er wollte auch etwas von Abraham. Schließlich war dieser im Duivelskopp gewesen, gleich nach ihrer Ankunft. Wenn er überhaupt jemanden nach der Uhr fragen konnte, dann ...
Er schob sich an ihn heran.
»Abraham, kannst du dich daran erinnern, als ...«
»Still, Junge«, fuhr ihn Abraham an, »du hörst mir jetzt gefälligst zu! Ihr müsst eure Tulpen anbieten, und zwar noch heute, es wird die letzte Gelegenheit sein, einen anständigen Preis ...«
»Aber wir haben doch gar keine Tulpen«, mischte sich Dennis ein.
»Versteht ihr denn nicht? Holt diesen Kasten.«
Dennis und Kim starrten sich wie vom Donner gerührt an.
»Wo ist der Kasten?« Dennis rüttelte Abraham vor Aufregung heftig am Arm, aber Griet packte seine Hand und schob ihn fort.
»Was fällt dir ein?«, schimpfte sie.
»Aber ...« Dr. Tulp drängte Kim beiseite, beugte sich vor und musterte Abraham, dessen Gesicht eine intensive Röte annahm.

»Ganz ruhig, Abraham, es kommt alles in Ordnung. Das letzte Gebot auf die *Swatte Swan* lautete dreiundzwanzigtausend. Viel höher wird's nicht gehen, das ist so schon unanständig genug. Aber na ja: Es ist eben eine schwarze Tulpe! Hoffentlich blüht sie am Ende nicht rot oder gelb. Dann wird's schwierig, dann gibt's eine Anzeige wegen Betrugs.«

»Du machst einem ja wirklich Hoffnung, Tulp«, knurrte Abraham, »hast du noch mehr so Aufbauendes zu sagen?«

Dr. Tulp zuckte nur die Schultern.

Kim versuchte von der anderen Seite wieder an Abraham heranzukommen. Aber dort geriet er Francisco da Costa in die Quere, der mit seinem Stuhl ganz allmählich Stück für Stück herangerückt war.

»Hast du schon das von deinem Schiff gehört?«, fragte er Abraham.

Dieser nickte trübsinnig.

»Wird wohl noch vier Wochen dauern, bis es da ist, macht keinen Spaß, diese Warterei«, fuhr da Costa ernst fort.

»Was redest du da? Das Schiff ist untergegangen, mit Mann und Maus!«, rief Abraham.

»Die Lütte Deern*? So heißt es doch?«

»Klar, die Lütte Deern. Ist bei den Azoren in einen Sturm geraten.«

* *kleines Mädchen*

»Kann schon stimmen. Aber sie hat den Sturm überstanden, wenn auch nur mit einem Mast. Sagt wenigstens der Kapitän, der mir Nachricht von meinem Schiff gebracht hat. Die Lütte Deern liegt jetzt im Hafen von Porto, wegen der Reparaturen. Untergegangen ist die Lütte Dier von Abraham de Goyer, hat er mir selbst gesagt. Frag ihn, da sitzt er doch.«

Abraham weinte vor Freude. Dr. Tulp strahlte, und jetzt sah auch Griet endlich nicht mehr drein, als hätte sie in eine Zitrone gebissen. Kim sah die Chance, die Unaufmerksamkeit von Abrahams Wächtern für sich auszunutzen. Er quetschte sich zwischen da Costa und Abraham.

»Der Kasten«, drängte er, »wo ist er, Abraham? Weißt du es?«

Abraham runzelte die Stirn.

»Klar.«

»Wo?«

»Na, vorhin hab ich's doch noch gewusst. Warum hast du nicht gleich gefragt?«

Kim klammerte sich an die Rücklehne, als Griet begann ihn von dort wegzuzerren.

»Dass du aber auch so lästig sein musst, Junge! Du siehst doch, dass du Abraham nur aufregst. Er gehört längst wieder ins Bett.«

»Bett!«, schrie Abraham. »Unter meinem Bett. Da hab ich

den verdammten Kasten hingeschoben. Ich bin noch mal zurück in den Duivelskopp, weil ich gedacht hab, da lag doch noch was neben dir auf dem Boden, das ich vergessen hatte aufzuheben. So ein Kästchen. Wo ich doch gerade die *Semper Augustus* im Tabakskasten versteckt hatte, war ja nur logisch, was in deinem Kasten stecken musste.«

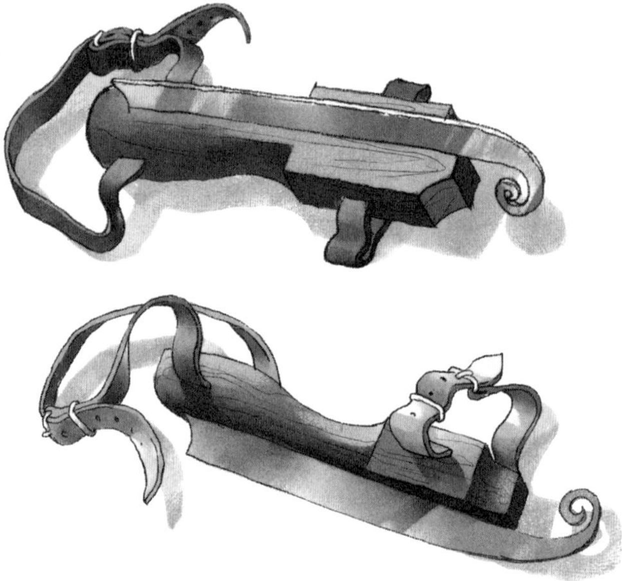

Wie spät?

Kim war schon auf dem Weg zur Tür. Er bekam Ellbogen in die Rippen und Stiefelspitzen mehr oder weniger aus Versehen in die Hacken. Als er die Tür erreicht hatte, schmerzte schon alles.

Wie spät?, hämmerte es in seinem Kopf. Er hatte keine Ahnung. Er musste alles auf diese eine Karte setzen. Vor der Tür griff er sich das nächste Paar Schlittschuhe, das ihm einigermaßen passend erschien, schnallte sie mit fliegenden Fingern unter die Sohlen und hackelte auf den Kufen zur Gracht. Gerade, als er sich vom Ufer abstoßen wollte, hörte er Dennis nach ihm rufen. Er winkte nur und fuhr los.

Keine Zeit für lange Erklärungen. Keine Zeit zu warten.

Den Weg kannte er jetzt einigermaßen. Er bog von einer Gracht in die andere, den Blick auf die Häuser gerichtet, um sich ja nicht zu verirren.

Das Stück Holz oder was es war, sah er nicht. Sein Schlittschuh stieß dagegen, er selbst machte einen Satz durch die Luft und krachte ziemlich hart auf die Eisfläche. Risse liefen von ihm weg, es war, als ob er im Zentrum eines riesigen Spinnennetzes lag. Fast augenblicklich drang Nässe durch seine Hose.

»Kim!« Das war Dennis' Stimme.

Kim wagte nicht einmal den Kopf zu drehen. Platt wie eine Flunder lag er auf dem Eis, Arme und Beine weit ausgestreckt.

»Bleib weg!«, schrie er.

Fehlte noch, dass Dennis auch einbrach.

Dennis griff nach einer seiner Kufen.

»Lass das, Dennis! Der Kasten mit der Uhr ist oben unter Abrahams Bett. Hau ab! Hol die Uhr und verschwinde mit Lisa«, keuchte Kim.

Sein Bauch war jetzt klatschnass.

Dennis zog an der Kufe.

Das Eis knirschte, als die Risse langsam größer wurden. Ein Schwall Wasser quoll hervor.

Dennis zog wieder. Und dann rutschte Kim rückwärts über Risse und Spalten einfach hinweg. Ganz flach atmend blieb er liegen. Das Eis wippte regelrecht. Vorsichtig lugte er hinter sich. Dennis hatte den Schlittschuh losgelassen und robbte auf dem Bauch rückwärts. Mit aller Vorsicht machte Kim es ihm nach. Erst nach etlichen Metern wagte Dennis sich aufzurichten.

»Kannst du nicht aufstehen?«, fragte er. »Ich denke, wir haben's eilig.«
»Gleich! Ich denke nur noch über den kürzesten Weg nach.«
Dennis half ihm auf. »Das überlass mal lieber mir.«
Sie fuhren los, Kim so tattrig wie ein Greis. Gemeinsam liefen sie in die Herengracht, kurvten bis zu Abrahams Haus. Dennis lief merkwürdig breitbeinig.
»Komischer Fahrstil«, murmelte Kim besorgt.
»Kommt vom Muskelkater«, bekannte Dennis und hoppelte vom Eis.
Eine Magd machte ihnen die Tür auf. Sie waren noch nicht ganz im Haus, als ihnen Willie entgegenstürmte. Er kläffte vorwurfsvoll und sprang abwechselnd an jedem von ihnen hoch.
Den Hund hatte Kim ganz vergessen. Auf keinen Fall durften sie ihn zurücklassen. Hinter Willie kam Swantje angelaufen, stockte, sah sie an und schlug die Hände vor den Mund.
»Alles in Ordnung, Swantje«, sagte Dennis rasch und fegte an ihr vorbei, »eure *Swatte Swan* stand bei dreiundzwanzigtausend Gulden, als wir weg sind.«
Swantje nahm die Hände herunter, trat auf Kim zu und schlang ihm die Arme um den Hals. Und ehe er sichs versah, küsste sie ihn. Auf den Mund! Süß, weich und ein

bisschen feucht waren ihre Lippen. So war das also mit dem Küssen. So himmlisch. Kim hatte das sichere Gefühl, nicht mehr auf festem Boden zu stehen, eine sonderbare Kraft hob ihn in die Höhe und ließ ihn schweben. Zusammen mit Swantje. Aber ehe er sich richtig an das Küssen gewöhnen konnte, war es schon wieder vorbei.

Ein ganz klein wenig überkam ihn ein Schuldgefühl. Immer hatte er sich vorgestellt, dass es Lisa sein würde, mit der er das Küssen ausprobieren würde. Jetzt also Swantje.

Sie drehte sich um, rannte aus der Diele und stieß einen lauten Jubelschrei aus, der aus allen Winkeln des Hauses die Geschwister und die zu Hause gebliebenen de Bos-Kinder hervorlockte.

Dennis kam die Treppe heruntergerast, den Kasten unter dem Arm.

»Nichts wie weg«, keuchte er und ruckte mit dem Kopf zur Standuhr, die erbarmungslos die Zeit vertickte.

Viertel vor Eins!

Nur noch eine Viertelstunde.

»Du bist sicher, dass du nicht hierbleiben willst?«, fragte Kim und klemmte sich Willie unter den Arm. Hoffentlich strampelte er nicht zu viel.

Dennis langte nach den Schlittschuhen und schob Kim ein Paar zu.

»Ich hab mir überlegt, dass ich nicht mit einem Pisspott unter dem Bett leben kann, und ich will nicht samstags oder sonntags in der Kirche drei Stunden lang Psalmen singen und mich von diesen verdammten Kragen umbringen lassen.« Mit einem Ruck riss er sich den steifen, gefältelten Leinenkragen herunter.

Kim ließ seinen auch aufs Pflaster flattern.

Willie jaulte, als es aufs Eis ging, hielt sich aber einigermaßen ruhig.

Würden sie noch rechtzeitig ankommen? Im Geist sah Kim, wie der lange Zeiger der Standuhr um das Zifferblatt herumruckte, immer dichter an die Zwölf heran, während der kleine darauf lauerte, endlich die Eins zu erreichen. Irgendwo schlug die Glocke einer Kirchturmuhr. Gingen in den Niederlanden alle Kirchturmuhren genau?

Vor dem Duivelskopp ließen sie die Schlittschuhe einfach fallen, irgendjemand aus der de Bos-Familie würde sie schon finden. Und wenn nicht: Geld genug für neue müssten Abraham und seine Kinder ja jetzt haben.

Im Duivelskopp herrschte Hochstimmung.

Die Gesichter glänzten vor Schweiß. Die Augen funkelten wie irre, wohin Kim auch schaute. David kam auf ihn zu und musterte den Kasten unter Dennis' Arm.

»Na schön«, sagte er lässig, »dann rückt mal eure Tulpen heraus. Die schlagen wir auch noch zu anständigen Preisen los. Die *Semper Augustus* geht für zwanzigtausend an Jacob Poppen und da Costa hat die *Swatte Swan* für fünfundzwanzigtausend gekriegt. Vielmehr sein Diener.« Er zwinkerte vielsagend. »Was willst du mit dem Hund hier?«

Willie strampelte.

Kim presste ihn nur noch fester an sich.

Wo war Lisa?

Sie küsste gerade Maarten. Oder er sie. Auf den Mund, nicht etwa auf die Wange.

Wie ein Messer stach der Anblick der beiden Kim ins Herz. Beinahe wäre ihm Willie entglitten. Aber Dennis stieß ihn ins Kreuz und zwang ihn einen Schritt vorwärts.

»Vielleicht will deine Schwester hierbleiben«, krächzte Kim mit versagender Stimme.

»Spinnst du?«, fertigte ihn Dennis ab. Er hob den Kasten in die Höhe und schrie: »Lisa, es ist gleich eins! Wir müssen los!« Unbeirrt schob er sich weiter durch die Menge. »Und wenn sie doch hierbleiben will, ist das ihre Sache.«

Lisa löste sich von Maarten und strich sich eine Strähne aus dem Gesicht. Als Kim sie fast erreicht hatte, küsste sie Maarten ein letztes Mal.

»Leb wohl«, sagte sie weich, »nimm Swantje, ihr werdet bestimmt glücklich miteinander.«

Maarten sah aus, als hätte er einen Schlag auf den Kopf bekommen. Vergeblich versuchte er sie wieder an sich zu ziehen, aber sie hatte sich schon zu weit entfernt.
»Was soll das heißen?«, rief er entrüstet.
»Du könntest ihn heiraten, wenn du bleibst«, flötete Dennis.
»Und zehn Kinder kriegen? Bin ich bekloppt?«
Lisa nahm Kim Willie ab, Dennis reichte Kim den Uhrenkasten. Gemeinsam erreichten sie das Hinterzimmer. Dennis riss die Tür zur Kammer auf, in der sie genau vierundzwanzig Stunden zuvor angekommen waren. Der Kasten in Kims Händen hatte zu vibrieren begonnen, rasch klappte er den Deckel auf. Es war, als wenn eine ungeheure Kraft sie in die Kammer hineinsog. Gerade noch konnte Kim erkennen, dass der Kristall in der Mitte der Uhr in grünem Feuer funkelte, dann erfasste ihn bereits ein Drehschwindel und die Tür klappte zu. Das Getöse nahm ihm wieder den Atem, Kreisel erschienen vor seinen Augen, drehten und drehten sich und schließlich löste sich jede Wahrnehmung in Nichts auf.

Das Erste, was Kim hörte, als er zu sich kam, war Tante Bettys Stimme. Sie drang von unten herauf.
»Dieser Dreck! Komm sofort herunter, Kim! Wie oft soll ich dir noch sagen, dass du deine Stiefel vor der Tür aus-

ziehen musst. Trampelt man denn in Shanghai mit dreckigen Stiefeln im Haus herum? Hier gibt es keine Dienstboten, die hinter dir herwischen. Was hast du dir bloß wieder dabei gedacht? Und das Essen wird auch kalt. Lisa! Dennis! Wo steckt ihr alle? Hört hier denn niemand? Ich hab die Kohlrouladen doch nicht umsonst gemacht.«

Kim schüttelte sich, um einen klaren Kopf zu bekommen.

»Kohlrouladen? Mit Sauce?« Dennis wuchtete sich vom Bretterboden hoch. »Die sind jetzt nach der ganzen Anstrengung genau das Richtige. Ich bin ja wie ausgehungert. Mann, hab ich Muskelkater.« Er hinkte zur Tür.

Kim wartete, bis er verschwunden war.

»Lisa?«, fragte er schüchtern.

»Ja?« Träge wandte sie sich ihm zu, ihren Willie zärtlich an sich gedrückt.

»Wie war das, Maarten zu küssen?«

Lisa stutzte, sie schien nachzudenken, während sie sich langsam erhob.

»Tja, wie soll ich sagen: ganz nett. Wieso? Hat es dich gestört?«

Kim ballte die Fäuste in den Hosentaschen, damit Lisa sie nicht sah. Etwas steckte in der einen Tasche, gedankenlos schloss er die Finger darum.

»Nö, wieso? Ich hab ja auch Swantje geküsst und es war mehr als nett.«

Auf dem Weg die Treppe hinab ins Esszimmer sprach Lisa kein Wort mit ihm. Tante Betty klatschte ihm eine riesige Kohlroulade auf den Teller. »Du putzt nachher die Treppe«, sagte sie beiläufig.
»Ist mir recht«, murmelte Kim.
»Wussten Sie, dass im siebzehnten Jahrhundert ungeheuer viel Geld für eine einzige Tulpe gezahlt wurde?«, versuchte Dennis abzulenken.
»Und das wollte ich dir auch noch sagen, Kim: Meine Papageientulpen haben ein Euro fünfzig gekostet. Das Stück! Auch die, die du kaputt gemacht hast. Was hast du dazu zu sagen?«, schimpfte Tante Betty.
Kim legte die Hand auf den Tisch und öffnete sie. Etwas Kleines fiel heraus.
Tante Betty stieß einen leisen Schrei aus.
»Was ist das? Was hast du da? Ist das ein Käfer?« Tante Betty lebte in der ständigen Angst, dass Kim in seinen Sachen Ungeziefer aus China mit eingeschleppt hatte, das ihrem vielen Nachsuchen entgangen war.
Dennis langte herüber und betrachtete das Ding genauer. »Eine Brutzwiebel. Von einer Tulpe. Fragt sich bloß, von welcher.«
Wann, überlegte Kim, hatte er eine der Zwiebeln von Abraham oder Willem in der Hand gehalten? Dann wusste er es. »Von der *Swatten Swan*. Ich bin ganz sicher.«

»*Swatte Swan*?«, fragte Tante Betty misstrauisch. »Kenn ich nicht, die Sorte.«

»Wusstest du, dass die Tulpen eigentlich aus China stammen? Stell dir eine fast schwarze vor, mit ganz zarten weißen Flammen auf den Blütenblättern, geformt wie …«

Tante Betty begann geradezu überirdisch zu strahlen. Sehr behutsam nahm sie die winzige Brutzwiebel auf und lächelte Kim warmherzig an.

»Und so was Wunderschönes kommt aus China?«

Wie war's nun wirklich?

Die Provinzen der Niederlande

Ursprünglich gehörten die 17 Provinzen der Niederlande alle zu Spanien (und das war damals katholisch). Aber 1572 hatten die sieben protestantischen Nordprovinzen von der spanischen Oberherrschaft genug. Sie sagten sich von Spanien los und schlossen sich unter dem Prinzen Wilhelm von Oranien zur Republik der Niederlande zusammen. Natürlich passte das dem spanischen König nicht, denn die reichen Nordprovinzen brachten ihm durch Steuern und Abgaben viel Geld ein. Es gab Krieg. In der großen Schlacht um Leiden öffneten die Niederländer in einer letzten Verzweiflungstat ihre Deiche und setzten eigenhändig ihr Land unter Wasser, sodass die Spanier sich eilig zurückziehen mussten, wenn sie nicht allesamt ertrinken wollten. Die Niederländer triumphierten. Dieser Sieg hatte sie zwar viel gekostet, aber das war ihnen ihre Freiheit allemal wert und dank ihrer großen Tüchtigkeit hatten sie die Verluste – so weit es sich um Häuser, Vieh und Werkstätten handelte – bald wieder ausgeglichen. Um 1590 etwa war die Republik der Niederlande das reichste Land Europas.

Spanien blieb der Republik feindlich gesinnt und hat sie erst im Westfälischen Frieden 1648 als eigenständiges Land anerkannt.
Die Niederländer waren tüchtige und im großen und ganzen recht nüchterne Kaufleute, für die Sparsamkeit, Bescheidenheit und Rechtschaffenheit oberste Gebote waren.
Aber wie konnte es dann dazu kommen, dass sie im 17. Jahrhundert auf einmal alle verrückt auf Tulpen und dafür sogar bereit waren, jedes nur denkbare finanzielle Risiko einzugehen?

Die Tulpen

Tulpen sind natürlich wunderschöne Blumen und aus unseren Gärten im Frühjahr nicht mehr wegzudenken. Aber im Grunde genommen sind sie Fremdlinge dort. Ursprünglich stammen sie nämlich aus dem Grenzland zu China und der Mongolei. Reisende Händler brachten die ersten Exemplare nach Westen. Diese Blumen waren aber noch recht klein und bescheiden. Sie blühten rot oder weiß oder gelb und es gab sicher noch ein paar Zwischentöne. Die große Zeit der Tulpen in Holland begann erst, als niederländische Botaniker anfingen sich für sie zu interessieren.
Und neue Sorten züchteten.

Nach einiger Zeit gab es vier Grundsorten:
Die *Couleren*: einfarbige Blumen in Rot, Gelb, Weiß oder Violett
Die *Rozen*: rote oder rosa geflammte Blüten auf weißem Grund (sehr beliebt: die berühmte *Semper Augustus*)
Die *Violetten*: violett oder lila geflammte Blüten auf weißem Grund (z. B. die *Viceroy*, die Konkurrentin der *Semper Augustus* und zweitteuerste Tulpe)
Die *Bizarden*: rot oder violett geflammte Blüten auf gelbem Grund (waren nicht so begehrt)
Dann gab es noch eine Menge Untersorten.
Als es zum großen Tulpenboom kam, hatten die besten Züchtungen so fantasievolle Namen wie *Generael de Gouda* oder *Pottebakker gevlamt*. Die schönsten und teuersten waren die ganz zart geflammten.
Tulpen zu ziehen war ein mühsames Geschäft und neue Sorten zu züchten geradezu eine Wissenschaft. Ein Problem war und blieb, dass nie so viele Zwiebeln wie gewünscht erzeugt werden konnten. Und von den schönsten Sorten gab es sowieso immer nur ganz wenige.

Und der Boom?

Wie konnte es bloß dazu kommen, dass für eine einzige Tulpenzwiebel mehrere tausend Gulden bezahlt wurden? Teuer waren sie von Anfang an. Nur wenige Kenner, wie

der Universitätsprofessor Carolus Clusius, besaßen Tulpen. Und diese Kenner beschäftigten sich mit der neuen Pflanze, hegten sie in ihren Gärten, untersuchten sie und begannen damit zu experimentieren. Was dabei herauskam, war nach Jahren des Herumprobierens die eine oder andere auffällige Blüte einer neuen Sorte. Und allmählich wurde die Wunderblume in den Niederlanden bekannt. Da viele Niederländer Gärten besaßen, wollten sie natürlich auch diese schönen Blumen haben. Damit wuchs die Nachfrage. Und wie es immer ist, wenn es mehr Nachfrage als Ware gibt, stiegen unaufhaltsam die Preise. Schließlich ging man dazu über, die wirklich kostbaren Tulpen nach Gewicht zu verkaufen. Das brachte noch mehr Geld ein, denn von Jahr zu Jahr wurde so eine Zwiebel dicker und schwerer.
Wer eine Tulpenzwiebel besaß, konnte sicher sein sie zu einem höheren Preis verkaufen zu können als er selbst dafür bezahlt hatte. Es war geradezu unausweichlich, Gewinn zu machen. Sehr verführerisch, nicht wahr? Wer konnte da schon widerstehen. Und weil die Sache so einfach erschien, handelte bald jeder mit Tulpen: Hausfrauen, die noch nie eine blühende gesehen hatten, Fischer, Fleischer, Milchmädchen. Ab Ende 1636 stiegen die Preise so rasant, dass einem schwindelig werden konnte. Wer jetzt nicht mitmachte, war einfach dämlich.

Diese schönen Geschäfte mit den Tulpen liefen ganz wunderbar bis 1637.
Auf einer Auktion Anfang Februar 1637 in Haarlem fand sich auf einmal kein Bieter für ein Pfund *Witte Croons*, für die mindestens eintausendzweihundert Gulden verlangt wurden. Auch für tausendeinhundert fand sich kein Käufer. Auch für tausend nicht. Für gar keinen Preis. Wenige Tage später breitete sich im Tulpenhandel Panik aus. Jeder wollte jetzt seine Tulpen loswerden, aber niemand mochte sie kaufen. Denn die meisten, die mit den Tulpen gehandelt hatten, hatten in Wirklichkeit gar kein Geld. Das Geschäft mit den Tulpen bestand zu häufig nur auf dem Papier. Es wurde mit Schuldscheinen gehandelt und diese konnte kaum einer mehr einlösen.
Viele, viele Menschen sind in diesem Tulpenwahn arm geworden und haben Haus, Hof und Werkstatt verloren. Die großen Kaufleute, die das Geschäft mit den Tulpen nur nebenbei betrieben haben, die Tee- und Gewürzhändler, hat der Preisverfall weniger getroffen. Und die großen Kenner wie *Dr. Tulp, Paulus van Beresteyn, Jacob Poppen, Adriaen Pauw*, der Besitzer des berühmten Gartens von Heemstede, und der Portugiese *Francisco da Costa* waren viel zu klug, um den Wahnsinn bis zur Endphase mitzumachen. Die meisten von ihnen züchteten selbst Tulpen und sie haben untereinander getauscht oder gehandelt.

Reich waren sie alle und konnten sich die Preise allemal leisten.

Die *Swatte Swan* habe ich erfunden. Ebenso die Familie von Abraham de Bos und Willem und seine Geschwister. Und sicher ist nie ein Preis von zwanzigtausend oder mehr Gulden für eine Tulpe bezahlt worden. Der höchste jemals erzielte Preis dürfte um die zehntausend Gulden gelegen haben, was auch schon ein kleines Vermögen war.

© Gerold Stubbe

Eva Maaser

wurde 1948 in Reken in Westfalen geboren.
Sie studierte Germanistik, Pädagogik, Theologie
und Kunstgeschichte in Münster und lebt seit
mehr als 20 Jahren in Steinfurt. Seit 1999
arbeitet sie als Schriftstellerin und hat seitdem
viele Bücher und einige Kurzgeschichten
veröffentlicht, u. a. im Aufbau Verlag.
»Kim und die Verschwörung am Königshof«
war ihr erstes Kinderbuch.

Eva Maaser

Kim und die Seefahrt ins Ungewisse

Bei dem Versuch, die rätselhafte alte Uhr von Kims Großvater in Gang zu setzen, werden Kim, Lisa und Dennis auf einmal von einem seltsamen Wirbelsturm erfasst ... Plötzlich finden sich die drei Freunde im Jahr 1762 wieder, auf einem Segelschiff mitten im Atlantischen Ozean, das in einer besonderen Mission unterwegs ist: Es soll eine neue Methode erprobt werden, mit der man exakt den Längengrad bestimmen kann. Wer wird das Rennen machen: die Astronomen mit ihren komplizierten Berechnungen oder John Harrison mit seinem Chronometer?

220 Seiten. Gebunden. Ab 9 Jahren
ISBN 978-3-8157-7881-4

Ulysses Moore

Die Tür zur Zeit

Hoch über den Klippen von Kilmore Cove thront die Villa Argo – Jasons und Julias neues Zuhause. Die Zwillinge können es nicht erwarten, zusammen mit ihrem Freund Rick das alte Haus des sagenumwobenen Ulysses Moore mit seinen unzähligen Zimmern und Gängen zu erkunden, und entdecken schließlich eine mysteriöse Tür. Wie magisch werden die drei Freunde von ihr angezogen. Um herauszufinden, was sich dahinter verbirgt, begeben sich Julia, Jason und Rick auf die gefährlichste Reise ihres Lebens.

Der erste Band der neuen packenden Abenteuerserie um Ulysses Moore
208 Seiten. Gebunden. Ab 9 Jahren
ISBN 978-3-8157-7284-3

Ulysses Moore

Die Kammer der Pharaonen

Die drei Freunde Julia, Jason und Rick gehen durch die Tür zur Zeit und landen in dem geheimnisvollen Land Punt. Schnell wird ihnen klar, dass es eine Verbindung zwischen diesem rätselhaften Ort und Ulysses Moore, dem ehemaligen Besitzer der Villa Argo, geben muss. Auf der Suche nach einer Spur machen sie eine unfassbare Entdeckung …

Das zweite Abenteuer um den sagenumwobenen Ulysses Moore
240 Seiten. Gebunden. Ab 9 Jahren
ISBN 978-3-8157-7709-1

Val Tyler

Die Greenwich-Chroniken
Die Zeitdiebe

Ein verhängnisvoller Diebstahl! Zeitvater Tim ist entsetzt. Jemand ist in seine geheime Werkstatt eingedrungen und hat den Tick, das Herzstück des neuen Zeitmessers, gestohlen! Wenn der Chronometer nicht in der ersten Sekunde des neuen Jahres zu schlagen beginnt, wird die Zeit für immer und ewig stillstehen. Alles deutet darauf hin, dass die fiesen, hinterhältigen Wrackas den Tick in ihr finsteres Reich unter der Erde verschleppt haben.
Jetzt gibt es für die Hüter der Zeit nur noch ein Ziel: den Tick rechtzeitig wiederzubeschaffen. Doch wer von ihnen kann sich unbemerkt in das gefahrenvolle, düstere Tunnellabyrinth der Wrackas begeben?

432 Seiten. Gebunden. Ab 9 Jahren
ISBN 978-3-8157-9269-8

Chris d'Lacey

Feuerträne

»Wenn du diesen Drachen haben möchtest, musst du versprechen, ihn niemals zum Weinen zu bringen«, sagte Lucy. David streichelte die Schnauze des Drachen mit dem Daumen und runzelte die Stirn. »Die Frage klingt vielleicht ein bisschen blöd, aber wie kann man einen Drachen aus Ton zum Weinen bringen?«

Als David in den chaotischen Künstlerhaushalt von Liz Pennykettle und ihrer Tochter Lucy zieht, spürt er sofort, dass dort etwas nicht mit rechten Dingen zugeht. Welches Geheimnis die beiden vor ihm zu verbergen versuchen, begreift er jedoch erst, als er Bekanntschaft mit Gadzooks macht, einem ganz besonderen Drachen ...

320 Seiten. Gebunden. Ab 10 Jahren

ISBN 978-3-8157-6779-5

V. Tulipa Coccinea albescentibus oris.
III. Tulipa lutea margine roseo.
I. Tulipa lutea maculis aspersa minutis
II. Tulipa candida lineis viridibus.
IV. Tulipa miniata linea vi